ご主人様とは呼びたくない

contents

illustration:栖山トリ子

ご主人様とは呼びたくない

Goshujinsama Towa Yobitakunai

1

原田青葉《はらだあおば》は先月無事大学を卒業して、今月からは新入社員として小さな営業事務所で働きはじめた。水洗金物を一般家庭や飲食店などに売る会社だ。採用が決まったのはほんの数日前だった。本当は別の企業から内定をもらっていたのに、とある事情のせいで、それを辞退する羽目になってしまったのだ。

元々勤めるはずだったところと今の会社では、条件が雲泥《うんでい》の差だった。会社の規模は数十分の一、給料は半分以下になってしまった。それでも青葉にとっては、とにかく『ひとり立ちすること』が肝要《かんよう》だったので、気にしないことにした。

幸いいい人たちばかりが揃《そろ》った会社だった。これまた滑《すべ》り込《こ》みで入居を決めたアパートでも、善良で優しそうな人たちに恵まれ、ひとり暮らしを始めてまだ一週間ほどだったが、なかなかいい滑り出しのように思えた。

「あんた、ずいぶん手慣れてるねえ」

アパート脇の家庭菜園でしゃがんで雑草を抜きながら、小柄な老人が感心したように言った。

「母も庭いじりが好きな人なんです。よく手伝ったので」

茄子《なす》の葉を、軍手をはめた手で毟《むし》り取《と》りつつ青葉は答える。会社帰りにせっせと家庭菜園の手入れをしている老人をみかけ、自分から手伝いを申し出たのだ。

「偉いねえ。一昨日《おととい》越してったあんたんちの隣にいた女の子なんて、虫が来るから畑潰《つぶ》せって言ってきたのに」

「あ、やっぱりお隣、引っ越していかれたんですか」

老人の言葉に、青葉は隣人の表札が剝《は》がされていたことを思い出した。青葉が気づいたのはつい先刻だ。一昨日の夜から、いつもなら隣からテレビの音がうっすら聞こえてくるのに、妙に静かだなとは思っていた。

「昼間に引っ越し屋のトラックが来て、バタバタっと出てったよ。あの子は越してきた時も挨《あい》拶《さつ》がなかったし、出てく時もしらんぷりなんて、最近の若い子は礼儀がなってないなあ。その点あんたはちゃんとしてるし、はきはき挨拶するし、気持ちがいいね」

手放しに褒《ほ》められ、照れて曖昧《あいまい》に笑みを浮かべながら、青葉は内心で少し首を捻《ひね》っていた。

（お隣の人、俺よりひと月くらい先に引っ越してきたばっかりって言ってなかったか？）

だとすればずいぶんと慌ただしい転居だ。

「松岡《まつおか》のおじいちゃん、原田さん、こんにちは」

青葉と老人が会話を続けていたら、三十代半《なか》ばほどの女性とその娘が、自転車に乗ってアパートに帰ってきた。こんにちは、と青葉が微笑《ほほえ》んで挨拶を返すと、小学二年生だという少女は自転車から降り、嬉しそうに青葉の方へ走ってきて、隣にしゃがみ込んだ。

「わたしも草むしりする」

「あ、これは野菜の生《な》る草だから、毟っちゃ駄目ですよ」

まだ花も咲かない茄子を畝《うね》から引っこ抜こうとする小さな手を、青葉は慌てて止める。

「原田さん、今日うちビーフシチューだから、食べにきていいよ」

青葉の手を握り返し、少女が無邪気に言った。青葉はアパートの住人たちから妙に好かれている。おそらく真面目で几帳面《きちょうめん》に見えるからだろうな、と自己分析している。実際青葉は真面目な気質だったし、飾り気のない黒髪に銀縁眼鏡というのが、また見るからに実直そうな雰囲気を醸《かも》し出《だ》しているのだろう。

「あらあら、原田さんにあげたら、その分あなたのシチューが少なくなるけど、いいの?」

自転車を置いて娘の方へやってきた小上《こがみ》さんが、からかうように言う。

「いいの! だって原田さんがお母さんのシチューを好きになったら、お空の向こうに行ったわたしのお父さんの代わりになってくれるかもしれないでしょ」

「やだちょっと何言ってんの、あなたのお父さんは単身赴任で頑張ってるのよ、誤解されるじゃない」

母子《おやこ》の会話を青葉が微笑ましく見守っていると、アパートの前を黒い影がゆっくりと通り過ぎた。

「わっ、でっかい車！」

「こら、でっかいじゃなくて、大きい、でしょ。——あら、本当に大きな車ね」

しゃがんだ青葉の目の端にもアパートの門の前を過《よ》ぎる黒い影は映っていたが、塀《へい》に邪魔されて、今はもう見えない。小上さんは立っているので、低い塀の向こうの様子が見えているらしい。彼女の娘も、立ち上がってぴょんぴょんと跳ねながら路地の方を見ている。

「わあ、すごい、長い！　バス？」

「バスじゃないわよ、あれは、リムジンっていうの」

その小上さんの言葉を聞いた時、青葉の中に嫌な予感が過ぎった。

一瞬、自分も小上さん母子のように立ち上がって塀の向こうを見遣りたくなるが、堪《こら》える。

（……見たくない。見ない方がいい）

きっと思い過ごしだ。そうに違いない。

嫌なふうに跳ねる心臓を宥《なだ》めて、青葉は茄子の剪定《せんてい》を続けようと、その葉に手を伸ばす。

「あっ、こっちきた」

小上さんの娘が上げる声も、聞こえないふりをする。

だが。

「青葉」

嫌というほど聞き覚えのある声が自分の名を呼んだのを、気のせいだと片づけるのは、さすがに難しかった。

「原田さん？　知ってる人？」

駄目押しのように、小上さんの娘の不思議そうな声。

「青葉」

低くてよく響く、嫌味に感じるくらいいい声が、また青葉の名を呼ぶ。じゃり、と砂利《じゃり》を踏む音がゆっくりと近づいてくる。

とうとう青葉は観念して、小さく溜息をつくと、その場から立ち上がった。

黒塗りのリムジンはアパートの門を少し過ぎたところで停められている。道が狭すぎて、アパートの隣に据《す》えられた駐車場のスペースを使わなければドアすら開けられなかったのだろう。青葉はまだ往生際《おうじょうぎわ》悪く、そのリムジンに気を取られるふりをしてみた。

視界の端で、小上さんの娘と老人が、青葉に近づく長身の男を見て、ぽかんと口を開けているのがわかった。小上さんも目を丸くしている。彼らが男の何に驚いているのか、青葉には決めかねた。理由はいくつもあるだろう。家賃六万円の木造アパートの前、軽自動車だって嫌がってなかなか通らない細い路地に堂々と横付けされた外国産リムジンから出てきたこと。その背が馬鹿げて高いこと。手足が信じがたく長いこと。彫《ほ》りの深い顔立ちが冗談みたいに整っていること。体に纏《まと》うスーツも、足許《あしもと》の革靴も、絶対高そうだということ。

その男は青葉だけに視線を留めて、一直線に歩いてきた。

あっという間に青葉と相手の距離が詰まる。あ、まずい、と青葉が思った時には、両腕をしっかりと摑まれて身動きが取れなくなっていた。

「会いたかった、青葉」

青葉が何を応《こた》える暇もない。

男は流れるような仕種で身を屈《かが》め、青葉の唇を唇で塞《ふさ》いできた。

「……ッ」

出し抜けに思い切りキスされた一瞬後には、固めた拳《こぶし》を男の腹に叩き込む――つもりだったが、青葉の一撃は、それを読んでいたかのように、あっさりと相手の掌《てのひら》で受け止められた。

「おっと、危ない」

まるで危ないなどと思っていない声音で言う男の腕を振り払い、青葉は後ろに飛びすさった。

老人や小上さんたちが呆気《あっけ》に取られた顔で自分と男を見ているのが視界に入り、青葉は怒りと羞恥《しゅうち》で耳まで赤くなる。

「な……何すんですか、いきなり！」

「久しぶりに青葉の顔を見たら、感極まったんだ」

思い切り非難する口調で言ってやったのに、男はにこやかに、まるで悪怯《わるび》れもせずに応えた。

青葉はこれ見よがしにごしごしと手の甲で唇を擦《こす》ってから、改めて相手を睨みつける。

「お言葉ですが、たかが一週間を久しぶりと表現するのは、無理があると思います」

「お互い十一の歳から十二年間、雨の日も風の日も、病める時も健《すこ》やかなる時も、富める時も貧しい時も、毎日寄り添うように一緒にいたんだ。一日だって離れていたら、俺は次に青葉に会う時かならず『久しぶり』と言うよ」

「長い」

一刀両断に、青葉は切り捨てた。

「絢人《あやと》さんの言い回しは冗長に過ぎます。あと、白々《しらじら》しいです。絢人さんにいつ貧しい時があったっていうんですか」

「本当に、久しぶりだ。青葉の冷たい声を聞くと、生きてるって気がする」

黙れこのバカ。っていうか人の話を聞け。

――と面罵《めんば》したい衝動を堪えたのは、相手を慮《おもんぱか》ってではなく、さっきからずっと呆気に取られた様子の小上さん母子や、松岡老人の手前があったからだ。

「言いたいことはひとつだけだよ。青葉、会いたかった」

「それはさっきも聞きました」

青葉は素気《すげ》なく言って、やっと、相手の顔を見上げた。

相変わらず薄気味悪いくらい整っている。少しクセのある茶がかった髪に、濡れたような瞳。格好いいといえば格好いいのだが、昔から青葉は、この人を見ているとどうにもこうにも恥ず

かしい気分が湧き上がってくる。美形過ぎて居たたまれないとでも言うのか。

「それで、何しにいらっしゃったんですか。ここは、絢人さんのような人が足を運ぶ場所じゃないと思いますが」

別に自分、ましてや小上さんや松岡老人たちを卑下《ひげ》して言ったつもりは微塵《みじん》もない。ただこの伊集《いしゅう》絢人という、名前からして麗々《れいれい》しい男と、善良で平凡で一般的な人間との間には、海より深い溝《みぞ》があるのだ。少なくとも青葉はそう思っている。

「ちなみに俺は今日はこの松岡さんの家庭菜園の手伝いをする予定なので、日が暮れるまで時間がありません。日が暮れたあとはこちらの奥さんとお嬢さんのお宅で手料理を振る舞っていただく予定なので、やっぱり予定が空《あ》きません。なお夕食を終えたあとは部屋に戻って、明日の出社に備《そな》えてすぐに寝ます。すぐにです」

「そうか……それは残念だ。俺も青葉を夕飯に誘いたかったんだけど」

そんなことだろうと思った、と青葉は緩《ゆる》く首を振る。

「ついでに言えば、明日も明後日《あさって》も明明後日《しあさって》も、俺はずっと忙しいです」

絢人は笑みを浮かべたまま動じない。

「そうか。じゃあ、四日後は？」

「四日後もです」

「じゃあ五日後にまた誘うとしよう。何しろこれからお隣さんになるんだし、機会はいくらでもあるだろうしね」

「五日後でも六日後でも――、……え？」

何か、今、聞き捨てならないことを聞いた気がする。

「絢人さん、今、何て」

「ああ、来た来た」

青葉の問いには答えず、絢人が路地の方を振り返った。釣られて同じ方を見て、青葉はぎょっとする。作業服を来た男たちが、ベッドやら、箪笥《たんす》やら、テーブルやら、段ボールやらを、アパートの敷地内に次々運び込むところだった。

「路地の前までトラックが入って来られなくてね。青葉も引っ越しの時大変だっただろう」

「あ……あ、あ」

「でもこの部屋の広さでは、大したものは持ってこられないから、そう難儀《なんぎ》しなかったかな」

「絢人さん何やってるんですか!?」

「引っ越しさ。見ればわかるだろう？」

たしかに、見ればわかる。荷物を運び込む男たちの作業着には、有名な引っ越しセンターの名前が印刷されている。どう見ても引っ越しだ。

「な、何考えてるんです、こんな、突然、引っ越しなんて――」

「何考えてる、は俺の台詞《セリフ》だよ、青葉」

振り返って青葉を見下ろす絢人の笑みは、あくまで優しい。

「青葉が帰ってこないなら、俺が追い掛けるしかないだろう?」

「仕事はどうするんですか」

「ここから通うさ」

青葉は頭がクラクラしてきた。

「引っ越し先は母さんに口止めしてたのに……誰にも教えなかったのに……!」

「そんなもの」

ふ、と絢人が笑みを漏らす。

「調べようと思って調べられないものなんて、俺にはないんだよ」

「ね……ねえ、ちょっと」

もはや貧血を起こしそうになった青葉の顔色を見かねたのか、不審そうに絢人を見遣りながら、小上さんが青葉の背中を突いてくる。

「原田さん、大丈夫? この人、誰……っていうか、何?」

青葉に対する小上さんの小声の問いに答えたのは、彼女に向けてにっこり笑った絢人だった。

「青葉の主人です」

倒れそうな気分だった青葉は、絢人の答えを聞いて引きかけていた血の気《け》が一気に頭に戻ってくるのを感じた。

「伊集家と雇用関係を結んでいるのは、俺じゃなくて母です。俺は母の給料で養ってもらっていたし、今はその扶養《ふよう》からも抜けて自立しました。何遍《べん》言ったらわかるんです」

「青葉は、冷たいな」

厳しい声音で反論する青葉に、絢人が、今度はひどく悲しげな顔になった。

さっき『青葉の冷たい声を聞くと、生きてるって気がするよ』などと言ったのは誰だと問い返してやりたかったが、疲れるだけな予感がしたので、ぐっと呑み込む。

「冷たい俺のことなんてさっさと見限ったらどうです」

「それはあり得ない」

微笑む絢人の目が、よく見ると、あまり笑っていない。

この場合、へらへら笑っていても、目だけ笑っていなくても、どっちにしろ怖いことには変わりないと青葉は思った。

「俺はたとえ青葉がどこへ逃げようと、地獄の果てまでだろうと追い掛けるよ。そのつもりでここに来た。青葉には言うまでもないとは思うけど、こうと決めたら俺は絶対に揺らがないからね。覚悟をしておきなさい」

「――――」

ぱくぱくと、青葉は徒《いたずら》に口を動かすだけで、絢人に何も言い返せない。言ってやりたいことは山ほどある気がしたし、実際それが頭に浮かんだのに、口に出すことができなかった。

「伊集様、荷物の運び込みと設置《せっち》が終わりました」

作業着を着た男が、馬鹿丁寧な口調で絢人に呼び掛ける。今行きます、と彼に答えてから、絢人が再び青葉に向き直った。

「それじゃあ青葉、また」

絢人の手が伸び、長い指先が青葉の顎《あご》を捉え、顔を上向かせ、蒼白になった表情を覗き込むようにしてから、何に満足したのかにっこり微笑んで、また手が離れる。

絢人は安アパートの前庭にはまったく似つかわしくない優雅な挙措《きょそ》で青葉含むアパートの住民たちに会釈《えしゃく》をしてみせると、これから彼の住処《すみか》となる部屋へと去っていった。

◇◇◇

「ねえ、本当に、何なのあの人」

ビーフシチューを口に運ぶ合間に、小上さんが訊ねてきた。結局青葉は、本当に小上さんの作ったビーフシチューをご馳走《ちそう》になっている。

夕食を振る舞ってもらう、と絢人の前で言い張ったのは彼に対する牽制《けんせい》だったが、彼が荷物の整理のために部屋に引っ込んでも呆然と突っ立って、真っ青な顔をしていた青葉を見かねたらしく、あるいは好奇心を抑《おさ》えきれなかったのか、あとから小上さんが『シチュー持ってきたから、一緒に食べましょう』と誘ってくれたのだ。

子供も同席しているとはいえ妙齢のご婦人を部屋に招き入れるのはいかがなものかと思ったが、それより薄い壁一枚隔《へだ》てたところにあの男がいると思うと落ち着いていられる気がせず、はしゃぐ小上さんの娘にも和《なご》まされ、こうして一緒にテーブルを囲んでいる。

「芸能人か何か？　っていうか原田さんの主人とか言ってたし、いきなりものすごいこととしてたけど、何かそういう、特殊な……？」

「と……っ、特殊ではあるかもしれませんが、小上さんが考えてるような関係では、ないです。芸能人でもないです」

小上さんの言う『ものすごいこと』『特殊な』というのが何を指しているのか確認するまでもない。さすがに誤解されたままでは辛《つら》すぎるので、青葉は慌てて答えた。

「俺の母が、あの人の実家で住み込みの家政婦をやってるんです。それで俺も、彼の家にはこれまでお世話になっていて」

「住み込みの家政婦かあ、じゃあきっと、すごいお金持ちなのね」

すごい、どころではない。伊集家は遡《さかのぼ》れば華族の家系だったり、創業数百年という酒造《しゅぞう》会社をベースとして飲食関係の事業を手広く行《おこな》ったりしている。化粧品や栄養食品などにも関わっているから、おそらく小上さんもそのうちどれかは耳にしたことがあるだろう。

よってかなりの資産家だった。青葉の母親はたしかに伊集家の家政婦だったが、正確を期せば「複数いる家政婦のまとめ役」、あるいは「イギリス式の組織図で言うところの家政婦《ハウスキーパー》」である。その当主が絢人の父親、絢人は一人息子で跡継ぎだ。

「それで、そのすごいお金持ちの家の子が、何でこんなアパートに引っ越してくるのよ？　社会勉強のためにひとり立ちっていうふうにも見えなかったけど」

「——さあ。俺には、わからないです」

青葉はせっかく美味《おい》しいビーフシチューをろくに味わう余裕もなく、苦《にが》い気分で呟いた。

「俺にとっては母の勤め先の家の人、っていうだけで、関係ありませんから」

「でも住み込みっていうなら、同じ家の中で暮らしてたってことでしょう？　やっぱり、すごく仲よくしてたんじゃないの？」

やっぱりすごく仲よく、という小上さんの言葉にまた含みがあるような気がして、青葉は冷や汗をかく心地《ここち》になった。あるような、ではなく、含みなどあるに決まっている。

「さ、さっきのことは、お願いですから気にしないでください。ええと、あの人っていうかあの人の家が英国かぶれなんで、何というか、挨拶です。子供の頃からああなんです」

しどろもどろ、赤くなりながらの説明は我ながら説得力に欠けると思ったが、小上さんは「ふーん」とあやふやに頷いただけで、それ以上は言及《げんきゅう》せずにいてくれた。小上さんが気遣いのある女性でなかったら、『どこの世界の英国人が男同士の挨拶でマウストゥマウスのキスをするのだ』と突っ込んでいたことだろう。

「ご家族が暮らしていたのは母屋《おもや》で、使用人の下宿は離れです。間に庭があって、完全に独立してます。だから俺のような庶民《しょみん》とは根本的にわかり合えません。仲よくなんてできるものじゃないですよ。彼と初めて顔を合わせた時、あの人は、俺を見て『お父さん、なぜ彼はあんなふうな汚い格好《かっこう》をしているんですか』って、俺を指差して言ったんです。Tシャツに、ジーパン穿《は》いてただけなんですけどね」

「ひええ……」

「嫌味でも蔑《さげす》みでもなくて、純粋な疑問だったんですから。本当にびっくりしたみたいなんですよ。世の中に、そんな格好をした自分と同い年の子供が存在するのかって」

「何ていうか、住む世界が違うのねえ。同じ敷地に住んでたって言ったたって」

「そういうことです」

青葉が頷いた時、「うわっ」と妙な声がした。

勿論《もちろん》青葉が出したわけじゃない。小上さんでもないし、その娘でもない。

声は壁一枚隔てたところから聞こえた。

聞かなかったことにしよう。青葉は何となく、そう思った。

だが数秒後、チリンと、今度は澄んだ高い音が聞こえた。青葉にはまた嫌というほど聞き覚えのある音で、無視しようと思う前に、反射的に正座をしていた床から腰を浮かせてしまった。

「原田さん?」

それまで喋《しゃべ》る余裕もなく夢中でビーフシチューを口に運んでいた小上さんの娘が、腰を浮かせ、片膝を立てたまま硬直している青葉を見て、不思議そうに呼び掛けてくる。青葉は「何でもありません」とぎこちなく少女に向け微笑んでみせると、正座し直した。

しかし、また、チリンチリンと、しつこく音が響く。鈴の音。

使用人を呼ぶサーヴァンツ・ベルの音。

そこそこ控え目に鳴らされたベルに、青葉はじっとしているのが耐えられず、ひどく腹立たしい気分で立ち上がった。驚いている小上さん母子を後目《しりめ》に、壁際――絢人の部屋がある方へと進み、ガツンと壁を殴《なぐ》る。

「野中の一軒家じゃないんだから、チリンチリン音をさせないでください、近所迷惑です!」

自分の所行《しょぎょう》こそ近所迷惑であると頭の片隅で思ったが、あえて気にせず、青葉は声を上げた。

伊集家にいた頃と同じように自分を使おうとする絢人に、腹が立って仕方がない。

青葉はもうあの家とは、絢人とは、何の関わりもないというのに、あたりまえのように使用人用のベルを鳴らすなんて、どうかしている。

「青葉、助けてくれ」

絢人の声は大して困ったふうでもない。それが青葉の怒りを増幅させた。

「知りません、ご自分で何とかしてください」

「真っ暗なんだ」

「──は？」

「急に、部屋中が、暗くなったんだ。動けない」

「……ブレーカー、落ちちゃったんじゃない？」

おそるおそると、小上さんが口を挟む。彼女たちの前で青葉が声を荒げるのも、ましてや壁を殴りつけたりするのも、初めてだ。行為そのものというよりも、青葉がそんなことをするという事実の方に驚いている風情《ふぜい》だった。

「あの人、あれこれ電化製品運び込んでたみたいだもの。ここ、基本十五アンペアよ」

電子レンジと同時にドライヤーでも使おうものなら、確実にブレーカーが落ちる。

青葉は深々と溜息をつくと、改めて立ち上がり、「ちょっと、すみません」と小上さん母子に言い置いて部屋を出た。本当に不本意な気持ちで、隣の部屋のドアを叩く。

「絢人さん、青葉です」

「どうぞ」

どうぞじゃねえよ開けろよ……と思いつつ、ドアノブに手を掛けると、施錠《せじょう》がされていない。

青葉はさらに深い溜息をついてから、ドアを開け放った。

たしかに絢人の部屋は真っ暗だった。

「こういう時は、ブレーカーを上げてください」

「ブレーカー……素人《しろうと》が弄《いじ》っていいものなのか？」

不思議そうな絢人の声がする。

「自分の部屋のブレーカーが落ちたら、自分で上げるんですよ」

「暗くて動けない。鳥目なんだ、知ってるだろ」

知っている。

(夜中トイレに一人で行けなくて、中学に上がるまで俺を同じ部屋で寝起きさせたことも、小上さんに話してやればよかった)

さっき、小上さんには自分たち母子は離れで生活していたと言ったが、少し正しくない。青葉が母屋で暮らしていた時期も、あるにはあったのだ。

そして本人の言うとおり、絢人は夜目《よめ》が利《き》かない。青葉はまた大袈裟《おおげさ》に溜息をつきつつ狭い玄関に入ると、その壁の上方に据《す》えられた分電盤《ぶんでんばん》に手を伸ばした。蓋《ふた》のない剝き出しのもので、アパートの外灯の明かりを頼りに安全ブレーカーを探り当て、カチリと上に持ち上げる。天井と部屋の隅で、ぼんやりした光が次第に大きくなった。

「つきましたよ」

隣も青葉の部屋とまったく同じ作りで、玄関からはダイニングキッチンとその奥の八畳間まで一気に見通せる。絢人は黒の本革ソファに凭《もた》れるように長い脚を組み、仕事用の書類と思《おぼ》しき紙束を手にしていた。

造りは青葉のところとまったく一緒だったのに、絢人の部屋は、本当に同じアパートかと思うような有様だった。

暗い色の漆喰《しっくい》が塗ってあるはずの壁と明るい色の合板《ごうはん》が張られているはずの天井は揃って真っ白なクロス張りに、床には無垢《むく》の木材が敷かれている。ベッドはダブルサイズ。センターテーブルはやはり無垢材を使ったもの。ステンレスの銀色と水垢《みずあか》が安っぽく見えるキッチンも、木製パネルと白いタイルで飾られている。和風の吊り下げ式だったはずの照明はシーリングスポットライトに変えられ、随所に間接照明も設置されている。妙に広く見えると思ったら、ダイニングキッチンと八畳間を繋《つな》ぐ引き戸を全部取り払って、十一畳一間にしたようだった。引き戸には鴨居《かもい》が渡してあるはずなのにそれが見当たらないのは、先住者が引き払ってから今日までのわずか数日で、リフォームしたらしい。当然、敷金礼金の他にかなり上乗せして、実費でやったに違いない。

「……もしかして、前の住民の方を追い出したんですか？」

「追い出した、とは人聞きの悪い。もっと好条件の住居を世話してやっただけだよ。選んだのは彼女だ」

伊集家が経営している企業で不動産は扱っていないが、絢人個人でいくつか土地や建物を持っている。そのうちのどれかを、破格で（おそらくこのアパートより広くて綺麗な部屋を、このアパート以下の家賃で）斡旋《あっせん》したのだろう。それに飛びつかない人間がいるとは青葉にも思えない。――青葉自身を除いては。

「絢人さんと言い争いはしたくありません。あなたはああ言えばこう言うから面倒臭いので、端的《たんてき》に言います。帰ってください」

「俺も端的に言うけど、嫌だ」

「迷惑なんです。帰ってください、伊集家に。ここよりよっぽど居心地がいいでしょう」

「青葉がいない家に帰ったって仕方がない。青葉がすぐ隣に住んでるここが、今日から俺の家だよ」

絢人はそう言うと手許の書類に目を落とした。話はこれで終わりだと言わんばかりの態度だ。

「そんなこと言ったって、絢人さんは自分の身の回りのことなんて、一人じゃできないでしょうが。先に言っておきますが、俺は何も手伝いませんよ」

「いいや。青葉は俺を放っておけないはずだ」

微笑みすら口許に浮かべて絢人が言う。センターテーブルの上に、さきほど鳴らしたらしいベルが置かれているのを見て、青葉は絢人の笑った口許を指で摘《つ》まんで捻《ひね》り上《あ》げてやりたい衝動に駆られた。

お互い子供だった頃、夜中に目を覚ました絢人がこのベルで青葉を起こした。青葉は寝付きがいい方で、声で呼び掛けられただけでは起きなかったから、絢人はベッドの中から高い音のベルを鳴らして、ゲスト用のベッドで眠る青葉を起こしたのだ。使用人用の控え室に据えられたサーヴァンツ・ベルとは響きが違う。母屋のどこから呼んでいるのかわかるよう控え室に取りつけられたのは、病院のナースコールのような電子音を鳴らす機械だった。控え室にいる複数の使用人のうち、手の空《あ》いている者なら誰でも、呼び出しに応える。

だから絢人が鳴らす金物のベルの音は、青葉一人を呼ぶものだ。

「どうして、うちを出ていったんだ、青葉」

書類に視線を落としたまま、絢人が問う。妙に今さらな問いだなと青葉は思ったが、それを訊ねられないうちに伊集家を出てきたのだから、今さらというわけでもないのかもしれない。

「どうしても、何も……俺は、伊集家の人間ではないですし。さっきも言いましたが、母が住み込みで働いているから被保護者である俺は同じ場所で暮らしていただけで、ひとり立ちできるようになったならそこを出ていくのは当然じゃありませんか」

「どうしてうちの系列会社を蹴《け》って、名もない中小企業に入ったりなんかしたんだ」

絢人の言い方にカチンと来るが、そこを責めても相手が応えるわけもないことは知っているので、どうにか呑み込む。伊集グループの傘下《さんか》にある企業に比べれば、今の青葉の勤め先は、たしかに名もない中小企業だ。中小企業『なんか』ではなく、入ったり『なんか』と表現したのだから、絢人が貶《おとし》めているのは勤め先ではなく、青葉の行動についてだ。ならまだいい。

「俺の直属の秘書には絶対に、死んでもなりたくないとまで言うから、じゃあせめて直下《ちょっか》の会社にと言っても嫌がるし。もっと下の方の会社を紹介しても、やっぱり嫌がるし。青葉が何を考えているのか、俺にはわからないよ」

「絢人さん……伊集家の息が少しでもかかったところに入るのが、絶対に嫌だっただけです」

「だから、どうして嫌なんだ？」

「俺にも男として、ひとりの人間としてのプライドとか、そういうものがあるからです。原田青葉個人として、自分の力量の範囲内で生きていきたいと、そう思っただけです」

「別に青葉の力量以上の仕事を与えようなんて、俺も父さんも思ってないぞ？　青葉にできると思ったことをやってもらおうと思っただけで」

「そういう判断をあなたに下《くだ》されるのが真《ま》っ平御免《ぴらごめん》っていう話をしてるんですよ」

絢人が書類から目を上げ、青葉を見て、小さく首を傾《かし》げた。

「何で？」

ヘッ、と青葉は少々柄の悪い笑い声を出してしまった。

「『絢人さんにそれがわからないから』です。いいですか、俺は、絢人さんとも伊集家とも金《こん》輪際《りんざい》関わりたくないんです。普通の、平凡で真っ当な暮らしをしたいんです。初任給が七桁《けた》越えの企業になんて入りたくないんです、入社前から役職がついてるのも嫌なんです、そういうのやめてくださいってあらかじめ言っておいたのに、他の人に混じって試験や面接を受けた上で平社員として始められるならまあいいかと思ったのに――」

「青葉は何か誤解をしてるよ。俺は、青葉がそう言うから、ちゃんと人事に頼んでおいたんだぞ。原田青葉を特別扱いしないようにって」

「だから！　それが特別扱いだって言ってるんです！」

青葉は思わず三和土《たたき》で靴を脱ぎ捨て、絢人の部屋に上がり込むと、ずかずか中に入り込んだ。

絢人の目の前に仁王立《におうだ》ちになる。

「いいですか、絢人さんに名指しされた時点で、俺はもう他の人たちとは違う位置づけになっちゃうんですよ！　何もしないのと、何もしないでくれって相手に伝えるのじゃ、天と地ほどの差があるって話をしてるんです！」

原田青葉という大学生が試験を受けに来るが、俺とも、伊集家とも関わりはない。だから決して選考結果にも、採用後の人事にも手心を加えないように。——おおかた、絢人はそんな言い方をしたのだろう。

「聞けば絢人さんだけじゃなくて、旦那様も同じようなことをやったそうじゃないですか」

「へえ、父さんが。あの人も、青葉や香純《かすみ》さんのこと、大好きだからなあ」

「重ね重ね言いますが、俺は普通の暮らしがしたいんです。普通に会社勤めして、普通に……恋愛とか結婚して、家庭を持って、マイホームを買うためにコツコツ貯金して、たまにちょっといい食事して、国内旅行して、海外旅行は一生の思い出とか、そういう、平凡な人生を歩みたいんです。絢人さんには、これっぱかしもわからないとは思いますけど」

「うん」

深く、絢人が頷いた。

「まるで理解できない」

　青葉はもう一度鼻先で嗤《わら》った。

「だからわざわざ俺の方に合わせようなんてしないでください、バカバカしいでしょう」

「俺は青葉のそばにいたいだけだよ。青葉が俺から離れようとしても、追い掛けて捕まえるし、お互い疲れるだけだから、諦めた方がいいと思うんだけどなあ」

　話にならん、と青葉は緩くかぶりを振った。

「とにかく今後は、絢人さんがいくらそのベルを鳴らそうと、何をしようと、俺はあなたに関わりませんから。ここでひとり暮らしなさるのは絢人さんの勝手です、全部ご自分で何とかしてください」

　言うだけ言うと、青葉は絢人の返事を待たず、部屋の外に出た。急いでドアを閉める。どうせ絢人はああ言えばこう言うだけで、こっちの言い分に納得してなどくれない。

　そんなに簡単に引き下がってくれるのなら、青葉がこうして伊集家を出てひとり暮らしをしようなどと、頑固《がんこ》に考えることもなかったかもしれないのだ。

（とにかく、無視だ、無視！）

　幸いなことにというのか、腹立たしいと感じるところなのか、絢人もその両親たちも基本的に人がいい。だからたとえ青葉が絢人を無視しようと、罵倒《ばとう》しようと、伊集家にいる香純が冷遇されることはありえない。万が一にも絢人が『青葉が戻らないなら、香純さんをクビにする』とでも言い出せば、青葉は伊集家に戻らざるを得ないのだが、そういった怖《おそ》れは一切ない。絢人はいつでも鷹揚《おうよう》で、セコく裏から手を回したり、人を陥《おとしい》れることがない。いや、仕事の上では取引相手と駆け引きなどをやっているのかもしれないが、少なくとも青葉相手にそういうことをしない。

いつでも直球だ。まあ青葉が隠していた引っ越し先を調べ上げ、隣人を買収《ばいしゅう》して自分がその部屋に住むという行為が狡《ずる》くないかと言えば、狡くはあるのだろうが。

（駄目だ、絶対、巻き込まれるなよ……！）

そう自分に言い聞かせる。とにかく絢人のペースに巻き込まれたら終わりだ。何のためにひとり立ちしたのかわからなくなってしまう。

絶対に無視を貫《つらぬ》こうと鉄の意志を固めて、青葉は小上さん母子とシチューの待つ自分の部屋へと戻った。

2

しかし、アパートの住人の前であれだけ派手な登場をした絢人《あやと》が、青葉《あおば》を巻き込まないなどということがあるわけなかったのだ。

「ちょっと、原田《はらだ》さん、お隣の伊集《いしゅう》さんのところ、夜遅くと朝早くに大きい車で乗りつけて、うるさいんだけど」

アパート二階に住む、さほど親しくない中年女性が、青葉の顔を見るなり詰め寄ってきた。絢人がアパートに越してきて四日目、青葉が会社に向かおうとしていた朝のことだ。

「え」

「あんなヤクザみたいな車がアパートの前に停まってたら、気味悪くって仕方ないわ。それにあの鈴みたいな音、チリンチリンチリンチリン、迷惑なのよ。そうじゃなくても足音とか扉を開け閉めする音だってうるさいし、ちゃんと、原田さんから伊集さんに注意しておいてね！」

言うだけ言うと、奥さんが部屋に戻っていく。

「なぜ俺に……!?」

反論する余地《よち》もない勢いに呑《の》まれてしまった。たしかに絢人の乗る車は、よほどの金持ち用か、でなければギャング映画にでも出てきそうなものだ。それにあのベルの音。青葉は初日以来断じて釣られまいと我慢しているが、絢人も懲《こ》りもせず、何かあればあれを鳴らす。根比《こんくら》べだと耐えてきたものの、澄んだベルの音は、絢人がアパートにいる時間帯、早朝や真夜中にはことさら響く。それに生活音もうるさい。これまで広々した屋敷で誰に気兼ねすることなく暮らしていたのだから無理はないのだろうが、他の住人たちが迷惑に感じるのも当然のことだ。

（でも、だからってどうして俺に言うんだよ。絢人さんに言えよ）

極力絢人には関わりたくない。仕方なく、青葉は会社の昼休みに、管理会社に電話をかけてみた。管理会社の方から絢人に言ってもらうしかない。

が。

『そうなんですよ、伊集さんのところ、ちょくちょく苦情が届いてて……原田さんの方からきちんとご本人に伝えてくださいね』

管理会社にまでそんなことを言われて、青葉はぎょっとした。

「え、いや、でも、そういうのはそちらの仕事では」

『伊集さんから、何かあれば原田さんを窓口にしてほしいって頼まれてるんですよ』

「は……!?　何ですかそれ、聞いてませんよ」

『とにかく原田さんの方で伊集さんとお話してください、こちらからは連絡しないようにと言われているので……』

電話はそそくさと切れてしまった。青葉は呆気《あっけ》に取られて、手にした携帯電話を意味もなく見下ろしてから、最終的に天井を仰《あお》いだ。

（やられた……）

むしろ、なぜそれを予測して釘《くぎ》を刺しておかなかったのかと、自分の甘さを悔やむ。

絢人はあらかじめ青葉を巻き込むために、管理会社に話を通していたのだ。青葉の知らないところで。あたかも青葉が自分の代理人でもあるかのように。

（くそっ、こうなったらもっと別のところに引っ越しを……しても、無駄か……）

どこに逃げようと、絢人が青葉を探そうとする限り、捕まってしまう。何しろ絢人には金と人脈がある。もし青葉が名前を捨て戸籍を捨て真っ当な職と生活を捨てたとしてもあらゆる手段を以《もっ》て青葉の居所を突き止めるだろうし、大体、青葉にはそこまでするつもりはない。何だって自分がそこまでしなくちゃいけないんだ、と思う。

とにかく絢人が帰ってきたら直談判《じかだんぱん》して、自分を巻き込むのはやめろと言うしかない。

そう思って仕事を終え会社からアパートに戻った青葉は、自室で悶々《もんもん》と絢人の帰りを待った。

腹が立って、夕飯を作る気にも食べる気にもならず、朝の時点で綺麗に掃除してあるシンクを、さらにピカピカに磨《みが》き上《あ》げる作業に没頭《ぼっとう》する。ストレスが溜まると掃除に励《はげ》むのは、母親に連れられて伊集家で暮らすようになる前からの癖だった。香純《かすみ》と一緒にここよりもっと狭くてボロいアパートに住んでいた小学五年生まで、フルタイムで忙しく働く母親に代わって青葉が家事を請《う》け負《お》っていた。掃除も洗濯もさして苦《く》ではなかった。むしろ、無闇に家中を磨き立てる息子を母親が心配していたくらいだった。

キッチンはこれ以上磨くところもなくなり、あちこちはたきも掃除機もかけてしまって、あとはどこに手を入れられるか……と餓《う》えた冬眠明けのクマのように部屋の中をうろうろしていた青葉は、ドサリと、妙な音を聞いて足を止めた。

音は絢人の部屋の方から聞こえてきた気がするが、しかし絢人が帰ってきた気配はない。リムジンで送迎されている絢人の帰宅は一発でわかる。ヤンキー車のようにわざわざエンジンを噴かしているわけじゃなくても、セダンとはまるで音が違うのだ。

(何だ……?)

耳を澄ましてみるが、やはり隣室に絢人がいる気配はない。遠慮のない大股《おおまた》歩き、気分転換に聴くクラシック音楽、出しっ放しのシャワー、そういったものの始まる様子がなかった。

それでちょっと、嫌な予感がした。絢人以外の人がいる可能性に思い至ってしまった。リムジンがアパートに出入りする様子は近所で目立っているだろうし、絢人の素性《すじょう》を知らなくても「金持ちが越して来た」というのは誰にだってわかる。そしてそのリムジンが、今日はまだ戻ってきていないということも。

(まさか、空き巣でも入ったんじゃないだろうな……)

そう思いつくと、青葉は落ち着かなくなった。絢人が金や証券や重要書類などを無防備に部屋に置くことはないだろうが、彼の部屋にあるものすべてがバカみたいに高価な代物《しろもの》ばかりなのだ。それを空き巣なんかに盗られたとして、ざまをみろ、とは思えない。絢人や伊集家が資産家なのは、それなりの働きをしているからだ。何も悪いことや狡《ずる》いことをして儲《もう》けているわけではない。遊び暮らしているわけでもない。絢人は学生時代から家業《かぎょう》に関わり、跡継ぎとしてきちんと努力してきた。

——ということを知ってしまっているので、青葉は仕方なく、棚の抽斗《ひきだし》から鍵を取り出すと、玄関に向かった。絢人が越してきた翌日、いらないと固辞したのに無理矢理押しつけられた彼の部屋の鍵だ。『受け取らなければ青葉の部屋のドアごと取り替えて鍵をもらう』という、よくわからない脅迫の言葉に屈《くっ》して、預かることになってしまった。絢人は青葉の部屋の鍵も欲しがったが、これを断っても『ドアごと取り替えて鍵をもらう』とは言わないのだから、フェアなのかズレているのかよくわからない。

とにかく青葉は隣室に向かい、片手でいざという場合に通報できるよう携帯電話を構え、片手でドアの鍵を開けた。なるべく音を殺して、そっとドアを開く。

そしておそるおそる部屋の中を窺い見た刹那《せつな》、青葉はその場にへなへなと頽《くずお》れそうになった。

「きったねえ……！」

思わず品のない言葉が漏れる。

青葉がここを訪《おとず》れるのは、絢人が越してきた当日のみだ。しかしそれからたかが四日で、なぜここまで部屋を散らかすことができるのか。

部屋の中には結局誰もいなかったのに、三和土《たたき》には革靴が五足も六足も並んでいる。部屋のあちこちに、高価そうなスーツやシャツやネクタイが落ちている。靴下やハンカチも。タオルも。バスタオルも。バスローブも。センターテーブルには空《から》のティカップがソーサーごと置かれている。使ったものを洗わずに次から次へと出しているのだ。床にはあらゆる種類の新聞と広告が落ちていた。

捨てることや洗うことを知らない人間が四日間過ごすとこういう部屋が出来上がるのだ。

さっき壁越しに聞こえたドサリという音は、どうやらソファの上に積み上げた新聞とチラシの束《たば》が崩れ落ちた音だったらしい。

唯一救いだったのは、食べ物のゴミが見当たらないところだ。絢人は料理なんてしたことがないだろうし、食事はおそらく外で食べてきているのだろう。紅茶好きだが基本的にミルクも砂糖も入れないから、そうそう虫が湧《わ》くこともないはずだ。本当に、それだけが救いだ。

(……よし。見なかったことにしよう)

しばらく呆然と絢人の部屋の有様を眺めていた青葉は、ようやく心を決めた。

何も見なかったことにして自分の部屋へ帰ろうとしていた青葉だが、しかし自分が両手に絢人のシャツを握っていることに気づいて、ぎょっとした。そのうえ床に落ちていたはずのスーツが、やはり床に転がっていたハンガーにかけられ、カーテンレールに吊り下げられているのを見て、愕然《がくぜん》となる。意識の上ではぼうっと部屋の惨状《さんじょう》を眺めていただけのつもりだったのに、勝手に、体が動いてしまったらしい。

これでは絢人の留守中に彼のために働いたことがばれてしまうと、急いで元どおりスーツやシャツを床に散らかそうとしたのに、青葉にはどうしてもそれができなかった。手が、体が拒《こば》む。

(そ……そ、掃除したい……!)

これほど散らかっている部屋は、さぞかし片づけ甲斐《がい》があることだろう。毎日早起きして掃除をしている青葉の部屋は、もう捨てるゴミも磨く床もない。ひとり暮らしを始めて何が不満かと言えば、部屋が狭くて、荷物が少なくて、満足いくまで片づけや掃除ができないことだ。だから今目の前に広がる光景は、青葉にとってみれば空腹時のごちそうみたいなものだった。

(いやっ、しかし駄目だ! あの人を甘やかしたら思う壺《つぼ》だ!)

ややもすれば散らかったシャツを、新聞をまた拾い上げそうになる自分を、青葉は必死に諌《いさ》めた。この部屋にいるから悪いのだとようやくあたりまえのことに気付き、今度こそ自分の部屋に戻ろうと踵《きびす》を返しかけた時、外から足音が聞こえた。足音は絢人の部屋の前で止まり、小さな金属音、鍵を鍵穴に差し込む気配がする。

隠れようとしてももう無駄だった。

「あれ?」

青葉は空き巣を見つけた時のために、玄関の鍵を閉めないままでいた。絢人は施錠《せじょう》されていないことに不思議そうな声を上げてから、すぐに玄関のドアを開いた。

そしてすぐに青葉の姿をみつけて、顔を綻《ほころ》ばせている。

「ただいま、青葉」

まるで青葉がそこにいることがあたりまえだという態度で、そんな挨拶《あいさつ》を寄越《よこ》してくる。その様子からして、絢人は片づけられないという以上に、あえて片づけをしなかったんじゃないかという疑念が青葉の中に浮かんだ。多分、そういうことだ。

「……おかえりなさい」

絢人の策略《さくりゃく》にやすやすと引っかかった自分に腹を立てながら、しぶしぶと、青葉もそう応えた。この場合、鍵を押しつけられていたとはいえ、勝手に上がり込んでいるのは青葉の方だ。「何がただいまだ」などと糾弾《きゅうだん》する方がおかしい状況だろう。

「青葉、もう夕食はすませたかな。今日は少し早く終わったから、青葉と一緒にどこかに食べに行こうと思っていたんだけど」

「食べに行こうと思ってたって、何ですか」

そんなことを勝手に思われても困る。

「俺はもう米を炊《た》いてるし、常備菜《じょうびさい》もあるし、あとは冷凍してある魚を焼けばそれが夕飯です。

外食なんてしませんよ」

「そうか。じゃあそれをいただこうか」

青葉は頭が痛くなってきた。

「食事は俺の分しかありません。食べに行くならどうぞおひとりでご自由に」

「どうして？　せっかく青葉の隣の部屋に引っ越してきて、やっと夜に時間ができたのに」

「いいですか、ひとつずつつきますよ。俺にも予定ってものがあります。勝手に『食べに行く』とか決められても困ります。それから、俺が絢人さんの食事を用意する義理はそもそもありません。繰り返しますが、俺とあなたの間に雇用関係ははなっからないんです」

「でも青葉、うちにいた時、よく手作りの料理を食べさせてくれただろう？」

「絢人さんが、どうしてもって我儘《わがまま》を言うから仕方なくです。伊集家にはお抱《かか》えのコックがいるのに、それを差し置いて絢人さんの夜食だのを作らなきゃならなかったこっちの身にもなってください」

「だって青葉の作る料理、特にチーズとおかかの入ったおにぎりと、鶏出汁《とりだし》の雑炊《ぞうすい》があまりに美味《おい》しいから」

「母から習ったものなので母にも同じものが作れますし、おにぎりなんて誰が握ったって一緒なんだから絢人さんにだってできますよ」

「青葉の愛情が入ってないんじゃ、味が違ってしまうだろう？」

「入ってませんから。一滴も入ってませんから」

「だって料理の最高の調味料は愛情だって言うじゃないか」

「入れてませんし、そもそもそんなもん存在しません。とにかく俺は絢人さんに食事を作ったりしません。手料理が食べたいっていうなら、どうぞ伊集家に戻って、料理人の宮本《みやもと》さんか、母に頼んで下さい。俺はもう、とにかく絢人さんとも、伊集家とも、まったく、少しも、関わりがないんです」

「でもこの部屋、青葉が掃除してくれただろう?」

小首を傾《かし》げて絢人に訊ねられ、青葉は返事に窮《きゅう》して口を噤《つぐ》んだ。絢人が帰ってきたことに気づいてからの数秒間ですら、青葉は動揺しながらついこの部屋を片づけてしまい、今立っている半径一メートルはすっかり綺麗だ。

「こっ、この辺にあるものを適当に寄せただけです、こうやって!」

いっそ絢人が気分を害すればいいと思って、青葉は少し離れた場所に落ちていたタオルを足で向こうに蹴《け》りつけた。

「なるほど」

絢人は感銘《かんめい》を受けた様子で青葉を真似、彼の足許《あしもと》に落ちていたワイシャツが無残《むざん》に壁際に蹴《け》り遣《や》られる。

「こうやって道を作ればいいいんだな」

この人はバカなんじゃないだろうか、と思う。いや、バカなのだろう。これで嫌味や当てつけでやっているのではないのだからすごいと、青葉は泣きたくなってきた。

「絢人さんに洗濯機を回せとは言いません。そもそも洗濯機ないですよね、この部屋」

このアパートの部屋に独立した洗面所や脱衣所はなく、洗濯機置き場はダイニングの片隅に無理矢理設定されているはずだが、絢人の部屋に洗濯機の姿は見当たらなかった。

「だったらクリーニングに出せばいいんです。全部まとめて袋にでも入れて、そのままクリーニング店に持ち込んで下さい。あるいは、引き取りにきてもらってください」

絢人は微笑みながら青葉の話を聞いている。

「食器は、食洗機《しょくせんき》を買ってください。ひとり暮らし用の小さなものがあります。新聞は処分用の袋なり、ケースなりが売ってるので、買ってきて読み終わったものはかならずそこに入れて、一杯になったら玄関先に出しておいてください。回収日に勝手に持って行ってくれますから」

青葉は懇切丁寧《こんせつていねい》に説明してやっているのに、絢人はただただ、微笑んでいるだけだ。

この顔は知っている。

理解の範疇《はんちゅう》外《がい》のことを言われた時、あるいは理解しているが「やりたくない」と思っている時に浮かべる、絢人お得意のアルカイックスマイルだ。

「先に言いますけど、俺は一切、手を貸しませんからね」

「なぜ?」

「何回でも言いますけど、俺と絢人さんが無関係だからです」

こっちが呆れて疲れて折れたら負ける。青葉は何度繰り返し同じことを問われようと、言ったとおり、何度でも同じことを答える。

「上《あ》げ膳据《ぜんす》え膳《ぜん》の伊集家を出てひとり暮らししようというのは、考えてみればいいことなのかもしれません。だったらきちんとひとり立ちした大人の男性としての生活を送ってください。自分のことは自分で。大人のっていうか、幼稚園で習うことですよね？　もし伊集家が落ちぶれて身の回りの世話をしてくれる人がいなくなった時、どうするんですか」

「必要になればやるよ」

落ちぶれる、などとわざと言ってみても、絢人は鷹揚《おうよう》な態度を崩さないままだ。

「だが今は必要じゃない。というか、効率の問題だよ、青葉。どっちみち俺は家事には向いていない。死ぬほど不器用なんだ」

それは青葉にもわかる。絢人は卑下《ひげ》しているわけでもなく、本当に不器用だ。驚くほど不器用だ。子供の頃から勉強も運動も人並み以上にできたのに、図画工作、技術家庭科の成績だけは惨憺《さんたん》たる有様だった。楽器の腕前と歌だけは上手なのが腑《ふ》に落ちない。聞き惚れるような鼻歌交じりに家庭科室で包丁を振るえばジャガイモは本体より剝《む》いた皮の方が厚く、フライパンは火柱《ひばしら》を上げ、巾着《きんちゃく》を縫《ぬ》おうとして学校中のミシンを破壊し、電動糸鋸《いとのこ》を破壊し、掃除当番に当たればデッキブラシを折り、床板が剝《は》げ、下駄箱の蓋《ふた》が歪《ゆが》む。

悪意もなくふざけているわけでもなく、一生懸命やった結果がそれだ。

「細心《さいしん》の注意を払ってコップを洗っても、俺の意志に反して割れる。それを割らないように情熱を傾けて、ひとつ洗うのに一時間かけるとしよう。その間に俺は俺のすべき仕事をどれだけ進められると思う?」

「……絢人さんの言葉を借りれば、ここに越してくるのは、効率が悪いとしか言いようがないんですけど」

正論なのか屁理屈《へりくつ》なのかわからない絢人の言葉で煙《けむ》に巻かれないよう、青葉は相手の問いに答えず、別の問題について言い返した。

「こと青葉に関しては、効率が悪かろうと構わない」

じゃあたった今力説《りきせつ》したことは何だったのだ、と青葉が突っ込みたくなるようなことを、絢人が平然と断言する。

「青葉が俺のそばにいるためなら、俺は何でもやる。本当なら拉致《らち》して連れ帰って座敷牢《ざしきろう》にでも閉じ込めておきたいくらいだけど」

「ざ、座敷牢なんてものまであったのか、あの家は……」

「青葉に嫌われたくないから我慢してるんだ。青葉は、俺の努力を少しは汲《く》まなくちゃいけないよ」

聞き分けのない子供を諭《さと》すような絢人の言い種《い ぐさ》に、腹が立つ。

「俺の知ったこっちゃありません。まあこの惨状から抜け出したいなら伊集家に戻るか、人を雇《やと》ってください。伊集家から誰か呼べばいいだけの話です。それか、家事代行の会社だっていくらでもあるんですから、そういうところに連絡を」

知ったこっちゃないと言いつつ、散らかりきった部屋に耐えきれず結局アドバイスしている自分にも腹を立てながら、青葉は自分の部屋に戻ろうと玄関を目指した。

だが青葉と玄関の間には絢人が立《た》ち塞《ふさ》がっている。荒っぽくその体を押《お》し退《の》けようとした腕を、絢人に取られた。

「もっと簡単な解決法があるよ、青葉」

勢い余ってつんのめりそうになったものの、床にひっくり返るような醜態《しゅうたい》をさらさずにすんだ。が、代わりに絢人に体を抱《だ》き竦《すく》められ、青葉はわめき声を上げたくなった。

ご近所の手前、踏《ふ》み止《とど》まったが。

「てめっ、離せ……ッ」

「結婚しよう、青葉」

母親の雇い主の息子、母親の雇用契約の中にその面倒を見ることも入っている人、と呪文《じゅもん》のように言い聞かせて辛《かろ》うじて保《たも》っていた敬語が剝がれ落ちたところに、耳許で囁かれ、青葉は絶句した。

「俺に雇われるのが嫌なら、対等な立場で、婚姻《こんいん》すればいいいんだよ」

ぎゅっと、強く、抱き締められる。

青葉は眩暈《めまい》と貧血がいっぺんに襲ってきたような気がしたが、ここで気を失ったら終わりだと、大きく息を吸い込んでから吐き出すついで、絢人の足に蹴《け》りを入れた。

いや、入れようとしたがひょいと避けられ、カッとして相手を怒鳴りつけようとすれば優しげな、『青葉は可愛いなあ』とでも言いたげな微笑を返され、逆上するあまり耳まで真っ赤になったのが自分でわかる。

万が一にも照れて羞《は》じらっているせいで赤面したと解釈されたならば、もう腹でも切るしかない。

「そんなに嫌がらなくてもいいだろう？」

——どうやらそういう解釈はされていないようだが、困ったように笑う顔がムカつくことには変わりはない。

「男同士で結婚もクソもあるかってんですよ、バカ！」

もう一度蹴りを入れたら今度は相手のふくらはぎ辺りに入ったが、絢人は痛がりもせず相変わらず笑っている。

青葉は足音を荒くしたり乱暴にドアを開け閉めしてやりたかったのに、ご近所迷惑だと思ったらそれもできず、こんな時まで周りに気を遣う自分の律儀《りちぎ》さにまたむかっ腹を立てながら、今度こそ絢人の部屋をあとにした。

3

「青葉《あおば》を僕の、お嫁さんにするね」

そんな最高に馬鹿げた台詞《セリフ》を最初に絢人《あやと》から聞いたのがいつだったか、青葉には思い出せない。

それくらい昔から、そのうえ何度も、繰り返し言われている。

少なくとも初対面の時ではないことだけは確かだ。何しろ初めて会った時、絢人は青葉を指差し、「お父さん、なぜ彼はあんなふうな汚い格好《かっこう》をしているんですか」と言い放ったのだから。

高校生になった頃には、もう挨拶《あいさつ》のように言われてきた気はする。あの頃から絢人は自分を「俺」というようになったはずだし、最初に言われたのは、やっぱり高校に上がる以前のことだろう。

とにかく気づけば絢人は青葉に対してだけではなく、香純《かすみ》にも、自分の両親にも、「青葉と結婚する」と宣言して憚《はばか》らなかった。

香純は苦笑いで「そうですか」と頷くだけ、絢人の父親は冗談だと思って笑い飛ばし、母親も微笑むだけで聞き流す。何にせよ全員が笑って聞き流す。

青葉だって取り合わずにいるつもりだったが、どうにも絢人が本気にしか見えないのが怖くて、時々本気で反論した。男同士で結婚なんてありえない、とできる限り冷淡に言ってみても、絢人は笑うばかりで言い返してこない。じゃあやっぱり冗談なのかと思っても、笑えない冗談だし、何しろしつこい。子供の頃は挨拶だと思い込もうとしていた唇へのキスは、青葉が嫌がっても止《や》めようとしなかった。

「何で俺が絢人さんと結婚しなくちゃいけないんですか」

理由が聞きたいわけではなく、結婚なんてできるわけねえだろという意図《いと》で言い放つ青葉に返ってくるのは、常に、

「青葉が好きだからだよ」

という言葉だった。

「青葉と結婚したら、離れをもうひとつ建てて、そこで一緒に暮らした方がいいかなと思うんだけど」

などと言い出したのは高校三年生になった年の初めだ。

絢人はもしかしたら本気なんじゃないだろうか、という方に青葉の疑念が大きく傾いたのもその時だった。

だから青葉は、絶対に、伊集《いしゅう》家を出ていかなければならないと決めた。

決めるしかなかった。

◇◇◇

翌日青葉が仕事から帰ってくると、絢人の部屋の前で彼が立っていて、声をかけてきた。挨拶《あいさつ》だけしてあとは無視しようと思ったのに、絢人の手に握られたタブレットPCに映った画像が目に入り、青葉は逆に、大急ぎで彼の方に近づいていてしまった。

「青葉、これ」

タブレットに映っていたのは一頭の馬だった。

鞍《くら》はつけていない裸馬《らば》で、全身艶《つや》やかな白い毛に覆《おお》われている。長い脚とすらりとした体軀《たいく》が美しく、カメラの方には顔を向けず遠くを見るように頭を擡《もた》げている。

「白雪《しらゆき》……」

二週間ほど会わずにいただけなのに、青葉は画面越しに映る白馬の姿に胸が引《ひ》き絞《しぼ》られるような思いを味わった。柵《さく》と遠くの森を背に佇《たたず》む白馬の姿はどこか寂しそうに見えて、聞こえるはずもないのにその名前を呼んでしまう。

「青葉がいなくなってから、ずいぶん寂しがっているそうだよ」

追い打ちのように絢人が言った。

「あまり食べないし、不機嫌だから、山倉《やまくら》が少し困っている。白雪は元々気むずかしい馬だし、一度塞《ふさ》ぎ込《こ》むと手に負えない。昨日家に寄った時、俺は鞍も着けさせてもらえなかったよ。一応は、俺が白雪の主人なのに」

「……」

「散歩にも行きたがらなくてね。痩《や》せてしまうと心配だから、青葉に様子を見てもらった方がいいんじゃないかって、獣医の迫田《さこた》先生もおっしゃっていたよ」

狡《ずる》い、と思うが青葉は口に出せなかった。タブレットに映る馬がどことなく疲弊《ひへい》している様子なのは青葉の目にもあきらかで、絢人が青葉を伊集家に連れ戻すための嘘でも、大袈裟《おおげさ》に言っているわけでもないのだろう。

「別に戻ってこいとは言わないよ、戻ってきてくれたら嬉しいけど。ただ白雪のために、一度様子を見にいってもらえないかと思って」

「……わかりました。白雪のために、ですけど。戻……伺《うかが》う時は、山倉さんにご連絡させていただきます」

青葉は警戒心たっぷりに言った。絢人と一緒に伊集家に行くつもりはないという意思表示だったのだが、絢人は気にしたふうもなく、「それじゃあ、よろしく」と言って自分の部屋に戻っていったので、すこし拍子抜《ひょうしぬ》けした。

気を取り直し、携帯電話のカレンダーを開くと、今日は金曜、明日は土曜で会社は休みだ。

アパートから離れたところまで歩き、念のために辺りを見回して絢人に聞かれていないのを確認してから、青葉はアドレス帳に登録してある番号に電話をかけた。

白雪の世話をしている庭師の山倉に連絡してみると、白雪の不調はやはり事実のようで、青葉が様子を見に行きたいと言うとことのほか喜んでくれた。青葉は土曜日の朝早くから支度をして、部屋を出る時はまたこそこそと辺りを見回した。すでにリムジンがアパートにやってきて、絢人が出かける物音はしていた。絢人は今日も仕事なのだろう。

（よし）

急いで駅に向かう。青葉の住むアパートから伊集家までは、電車を乗り継いで一時間半ほどかかる。最寄《もよ》り駅からは少し歩く。駅から距離があろうと、伊集家の人々が出かける時には車だから問題ない。

都内にこんなところが、と誰もが驚くような場所に、広々と伊集家は存在している。近くに住んでいてその邸宅を知らない者はいないだろう。青葉が小学五年生の時に香純に連れられて初めて伊集家を訪《おとず》れ、門扉《もんぴ》の前に立った時は、てっきり病院とか、学校とかが建っているのだと思って、そこが個人の住宅だと知らされるとついぽかんと口を開けたほどだった。

白い石を積み上げた高い塀《へい》に、大型のトラックが楽に二台は横並びになって入れそうな大きな門扉。玄関までのアプローチがバカみたいに長い。正面の母屋《おもや》は、明治の頃に英国かぶれの当主がカントリーハウス風に建て替え、今もその名残《なごり》を残している。さすがに使用人を階段の下だの屋根裏部屋だのに住ませるのも時代錯誤《さくご》だと思ったのか、青葉がここで暮らし始めた時には、住み込みの家政婦やら料理人やら庭師やらは離れの建物で寝起きすることになっていた。母屋と使用人用の離《はな》れ家《や》の間にはやはり英国風の庭園があり、青葉は母屋に向かう前にそこへと足を向けた。思った通り、母親の香純が庭園の中で忙しく働き回っている。

「青葉」

歩み寄る青葉に気づいて、薔薇園《ばらえん》のところにいた香純が声をかけてきた。二十歳で青葉を産んだ香純は四十を超えているが成人した息子がいると思えないくらい若く見えて、それに美人だった。そのうえ働き者だから、伊集家の人たちが香純を慕《した》うのは、青葉にもまあよくわかる。

「白雪の様子を見にきたんだ」

今日伊集家に行くと香純にもメールで伝えてあったが、青葉は改めて母親にそう告げた。

「――忙しそうですね」

広い庭を見渡せば、香純の他にも庭師の男性や、女性の使用人が二人、何かと動き回っている。

「オープンガーデンの時期だもの。明日から大勢お客さんがいらっしゃるわ」

伊集家は年に一度、このご自慢の庭を一般に開放する。薔薇園に滝や池、遊歩道や四阿《あずまや》のある伊集家の庭には毎年多くの人が訪れ、おそらく今年も期間内の予約はすでに埋《う》まっているだろう。テラスでは料理や酒やお茶が振《ふ》る舞《ま》われる。元々酒造《しゅぞう》やレストランの経営が事業の主《しゅ》たる伊集家だから、花や庭よりも料理が目当てで訪れる客も多かった。

大変だね、と言おうとして青葉はそれをやめた。オープンガーデンは、青葉も毎年支度から手伝ってきた。今年はすでに伊集家を出ているので手伝う予定はない。庭の手入れやテーブルの配置などに頭を悩ませている他の人たちを眺めていたら、大変だねなどと軽々しく言うのは無責任な気がしてきてしまったのだ。

(でも期間中はまた外から人も雇《やと》うんだろうし)

自分一人がいないところで、どうということもないだろう。多分。

「旦那様はもうお出かけだから、このまま山倉さんのところに行って大丈夫よ」

そう告げる母親に対して、青葉は後ろめたさが消えなかった。伊集家を出たいと告げた時、香純は理由も訊かずに賛成してくれた。青葉は絢人に対しては『伊集家に雇われているのは母であり俺ではない』と繰り返しているが、実際は自分も伊集家で寝起きしている以上、忙しそうに働く母親や他の使用人たちを後目《しりめ》に遊び回る気も起きず、結局何かと手伝いをしていた。日々の細々《こまごま》した雑用もそうだが、月に一度は執《と》り行《おこな》われる大きな催《もよお》し、賓客《ひんきゃく》をもてなす晩餐会《ばんさんかい》やお茶会などでは、すっかり段取りを把握《はあく》して、その日限りのアルバイトへの指示を下《くだ》せるようにもなっていたのだ。特にこの時期に行われるオープンガーデンは、年配になり動き回ることが辛《つら》くなってきた山倉に代わって、ほとんど青葉が取り仕切っていた。

今年も、オープンガーデンだけは手伝うと申し出たのだが、香純は「青葉はもう別にお仕事があるんだから」と受け入れてくれなかった。

いつもどおりの庭を一般公開すると言っても、手入れはいつも以上に念入りになるし、テラス席の準備や飲食物の振る舞い、花や酒や蜂蜜《はちみつ》や記念写真などの販売所も据《す》えられ、トイレやゴミの処理、迷惑客の対応、この時期だけ雇い入れる厨房《ちゅうぼう》や警備の人間に対する差配《さはい》、取材に訪れるマスコミへの対応など、労力はいつもの何十倍も必要だ。

青葉のいない今年、中心になって取り仕切るのは香純の役割になっているだろう。自分よりも小柄な母親を見下ろせば、すっかり汗だくになっている。

「母さん、ちゃんと休んでる？　疲れてない？」

「やあね、もう年寄り扱い？　大丈夫だから、さっさと白雪のところに行ってあげなさい。青葉がいなくて落ち込んでるみたいよ」

華奢《きゃしゃ》でたおやかな印象の外見に反して、荒っぽい仕種《しぐさ》で香純が息子の背中を叩く。痛みに顔を顰《しか》めてから、仕方なく笑って、青葉は香純のそばを離れた。

現当主である仗次《じょうじ》が屋敷にいるのなら挨拶に行くところだが、香純の言葉からして仕事か用事で不在らしい。夫人の武緒《たけお》はひどい低血圧で、午前中はずっと臥《ふ》せっている。それを狙《ねら》って早い時間に伊集家を訪れた青葉には、また少し後ろめたい。仗次も武緒も青葉によくしてくれたのに、強く引き留めるのを振り切って伊集家を出たのだ。顔を合わせればまた戻ってくるよう言われるだろうし、それを断って残念そうな顔をされるのはなかなか辛い。

とにかく白雪に会ってしまおうと、青葉は彼女のところへ向かった。

英国風の庭園の他に、菜園や温室があり、その奥に厩舎《きゅうしゃ》がある。白雪は厩舎ではなく、狭い馬場《ばば》でぼうっと佇んでいた。絢人の見せてくれた画像よりも、毛艶《けづや》が少なく、本当に、寂しそうに見える。

青葉は思わず駆け出して、馬場を仕切る柵に手をかけた。

「白雪！」

突然近づいて来た足音に、神経質な馬は警戒するようにピンと耳を立てたが、青葉が声を上げると、途端に嬉しそうに首を動かし、駆け寄ってきた。

「白雪、おまえ、本当に痩《や》せちゃって……」

真っ白い馬の首に手を伸ばし、柵越しに両手で抱き締める。白雪は興奮しているせいか、放っておかれたことに抗議しているのか、鼻を鳴らしながら青葉の毛を噛むので痛かったが、青葉は気にせずしたいようにさせておいた。馬独特の匂いと感触に、泣きたくなる。思い出したら辛いのでできるだけ思い出さないようにしていたが、気を抜けば白雪に会うことばかりを考えて、伊集家を出て以来、青葉だってずっと辛かった。

「――うーん、俺を見た時も、そのくらいの熱烈さで駆け寄ってほしかったなあ」

思う存分白雪といちゃいちゃしていたところに、聞き覚えのある声が割り込んできて、青葉は眉を顰めた。

「よかったな、白雪。青葉が帰ってきてくれて」

そばに近づく足音。視線を遣《や》らなくても、それが絢人だということは、青葉にもわかりきっている。

「今日来るとは、山倉さんにも言ってなかったはずですけど……」

絢人と伊集家でかち合わないように、山倉にも今日の朝出かける寸前まで、白雪に会いに行くことは告げていなかった。「近々伺いたい」という言い方をしたから、それほど直近でやってくる印象にはならなかったはずなのだが。

「青葉が白雪の状態を知って、何日も待つわけないだろう。何なら、昨日のうちにすぐでかけても不思議じゃないと思ってたよ」

実はそれも考えたが、さすがに夜遅い時間に訪問するのも失礼かと思って、耐えていたのだ。

「青葉は本当に白雪が大好きだなあ」

絢人は感心したふうに言うが、そんなの、今さらだ。

白雪号は今でこそ絢人の馬だが、元々は彼の母親である武緒のものだった。武緒の娘時代からの趣味が乗馬で、嫁入り道具として馬が連れてこられ、その馬はもういないが、新しく買われてきたのが白雪だ。

伊集家でも大昔は馬車を使っていたこともあり、何頭もの馬を持っていたようだが、武緒が嫁入りして来た頃には馬も、勿論《もちろん》グルームもおらず、当時すでに伊集家に勤めていた山倉がその世話をすることになった。

白雪を手に入れた頃には武緒はあまり乗馬をしなくなり（というより、前の馬を亡くして塞《ふさ》ぎ込《こ》み、乗馬を辞めていた武緒のために夫である仗次が白雪を贈ったと青葉は聞いている）、絢人が十歳の時に白雪が彼に譲《ゆず》られた。

だが気位《きぐらい》の高い白雪はなかなか絢人を主人とは認めず、鞍に跨《また》がるだけでもいつも一苦労だった。我儘《わがまま》な白雪には山倉も手を焼いていたが、なぜか青葉とは最初からうまくいった。

白雪と出逢った日の衝撃を、青葉は今も忘れられない。

伊集家に連れてこられ、絢人から不躾《ぶしつけ》な初対面の挨拶をもらった翌日、香純は早速《さっそく》仕事を始め、青葉は学校が休みだったから暇になってしまい、散歩というか探検という風情《ふぜい》で庭を歩き回っていた。武緒のための離れや庭園以外ならどこでも自由に見ていいと言われていたので、隅々まで歩き回って馬房《ばぼう》をみつけ、「馬小屋まであるのか、本当に個人の家なのかここは」と呆れる心地でいたのが、純白の馬が駆ける馬場を視界に入れた瞬間に、何というか——恋に落ちた。

その時は珍しく絢人を乗せる気になったらしく、白雪の鞍には彼が跨がっていた。障害物の練習をしていて、駆け足からのジャンプに入った瞬間、その姿が青葉の目に飛び込んできた。

青葉はそれからしばらく、呆然と、我を忘れて馬場の様子に見入った。

障害物を越えたあとも絢人は白雪を走らせるつもりだったようだが、白雪は嫌がって、絢人を振り落とそうとしていた。山倉が慌てて白雪を宥《なだ》め、絢人はどうにか無様に転がり落ちることもなく地面に降り立った。

山倉が近くまで連れてきてくれた白雪に青葉がおそるおそる手を伸ばすと、白雪は甘えるように鼻を鳴らしながらその手に顔をすり寄せてきた。その時から青葉は種族の壁を越えて白雪の気持ちがわかるし、白雪にも青葉の気持ちが伝わっていると確信できるようになった。

そんな彼女が自分の不在を寂しがり餌《えさ》もあまり食べないなどと聞かされて、青葉がじっとしていられるはずがない。

「運動不足だと思うから、走りに行こう。山倉には休んでもらっている。支度を頼むよ、青葉」

そう言って、絢人がその場から去っていく。青葉は何か言い返そうとして、結局それを呑み込んだ。

伊集家の馬場は狭くて、白雪が充分走り回れるほどの場所がない。だから早朝、少し離れたところにある大学まで白雪に乗ってでかけ、馬術部の馬場を借りて運動させることが、大学に入るまでの絢人と青葉のほぼ日課だった。青葉一人でもよかったのだが絢人は一緒に行くと言い張るし、そもそも白雪は絢人の馬なのだから、持ち主にそう言われれば青葉には拒《こば》めない。かといって絢人一人では白雪が嫌がって鞍も置かせてくれないし、青葉は少しでも長く白雪と一緒にいたかった。だから今も同じ理由で、青葉は絢人の申し出を断れない。

青葉が白雪に頭絡《とうらく》や鞍や手綱《たづな》をつけ終えた頃、乗馬服に着替えた絢人が戻ってきた。

「じゃあ、行こうか」

青葉の手を借りて絢人が白雪に騎乗する。白雪は少しごねていたが、青葉が宥めるとしぶしぶといった態《てい》で絢人を背中に乗せた。

伊集家の敷地を出て一般道、車道の隅を、絢人を乗せた白雪が歩いていく。青葉は手綱を取って白雪の隣を歩いた。白雪は神経質だが臆病《おくびょう》ではないのが幸いだった。横を車が通り過ぎても、怯《おび》えることもなく、凛然《りんぜん》と頭をもたげて蹄《ひづめ》の音を小気味よく響かせている。

ときおり通りすがる車の中の人たちが、面白そうに白馬に乗る絢人を眺めていく様子が見えた。わざわざスピードを落とし、窓の中から指を差し、携帯電話で写真を撮る人もいる。

最初は「こんな道を馬が歩いている」と驚き、笑っていた人たちは、その白馬の背に跨がる乗馬服姿の青年がやたら美形であることに気づくと、口を開けて、目を奪われる。事故でも起こさないでくれよと青葉がはらはらするくらい、みんな反応が顕著《けんちょ》だ。自転車で正面からやってきた女子高生たちも、最初は馬の方に気を取られてはしゃいでいたのに、絢人の顔を見て——目が合った瞬間、けたたましい悲鳴を上げて通り過ぎていった。さすがに白雪も怯えていた。

(すごいな)

まるで長年恋をしているアイドルにでも会ったかのような反応だ。幽霊を見たとしてもここまで叫びはしないだろうという凄《すさ》まじい悲鳴だった。

「白雪に乗るのも、久しぶりだなあ」

絢人の方はそんな周囲の反応を気に留めたふうもなく、のんびりと笑って馬上から青葉に呼び掛けるように言った。

「大学の途中から、ほとんど構ってやれなかったから」

「白雪にはその方がありがたいと思いますよ」

青葉の皮肉にも、絢人は鷹揚《おうよう》に笑っているだけだ。

絢人が熱心に白雪に乗っていたのは高校生の頃で、当時は「あの道に白馬に乗った王子様のような人が出没する」と近隣の女子中高生の間で話題になり、絢人待ちの集団まで現れた。馬に近づくと危ないから、という理由で彼女たちを牽制《けんせい》するのは青葉の役目になってしまった。まるで見世物のようだと思ったたし、実際そうでしかなかっただろう。いっそ自分を置いて駆け足で大学まで行ってくれないかと青葉が頼んでも、絢人は聞き入れなかった。じゃあ一緒に乗ろうという絢人の誘いは、青葉の方が聞き入れなかった。軽車両《けいしゃりょう》と同じ扱いだから馬も一般道を走れるが、途中で糞《ボロ》を落としたらきちんと拾わなくてはならないし、それに、王子様みたいなお金持ちの御曹司《おんぞうし》と白馬に同乗するなんて、青葉にとっては悪い夢としか思えなかった。

（世界観がおかしい）

引退した競走馬ではなく、牧場から取り寄せた白毛のサラブレッドと、特注品の馬具《ばぐ》と、イタリア製の乗馬服にブーツ。今どきドラマや映画でも使《つか》い途《みち》がないだろうという衣装が、絢人には気が遠くなるほど似合っている。その王子様が乗っている白馬の手綱を引いているのが自分だ、と考えると、青葉は何だか変な声で喚《わめ》きたくなった。やめろ、俺をこんな世界に巻き込まないでくれ。そう叫びたい。唐突に奇声を上げたら白雪を怯えさせてしまうと、その一心が、小学生の頃からこの十年以上、青葉の衝動を抑制《よくせい》していた。

大学に着くと、青葉が入場の手続きをしてから、絢人と白雪は馬術部の馬場へ移動した。大学には伊集家が寄付しているので、いつでも馬場を借りることができる。今日のこの時間は馬術部が活動していて、絢人は大学生に混じって白雪を走らせた。

青葉は柵の外でその様子を見守った。白雪は青葉と会えたおかげで機嫌がいいのか、絢人を振り落としたりもせずに従順に運動している。

「あのう、伊集さんのお友達の方ですか?」

柵に凭《もた》れて白雪の姿を眺めていたら、馬術部の女子学生たちに声をかけられた。みんな興味津々《しんしん》といった態《てい》で、絢人や青葉を遠巻きにしていた。絢人が頻繁《ひんぱん》に白雪を連れてきていたのは数年前で、彼女らは絢人の名前を知っていても、実際姿を見るのは初めてなのだろう。

「いや、友達というか……」

断じて違う、と言い張るのも大人げない気がして、青葉は言葉を濁《にご》す。なぜか女子学生たちがさらに色めき立った。

「もしかして、執事とか、そういうのですか？」

「え、執事ってもっとおじいさんがやるものじゃないの？　こういうのは、お小姓《こしょう》っていうんじゃない？」

「お小姓は小さい男の子でしょ、従者《じゅうしゃ》だよ従者」

女子学生たちは、青葉には理解できないくらい盛り上がっている。

「ただの、付き添いです」

やはり言葉を濁したまま答えると、みんな不満げになってしまった。

「伊集さんちって、代々執事をやってる家系の人っていうのがいるって聞いたんですけど、本当ですか？」

「そういう役目の人はいますけど、今の執事は普通に求人票を見て応募してきた人ですよ」

何でこんなことで俺が質問攻めに遭《あ》わなくてはならないのか、と青葉こそ不満に思いつつ、女子学生たちに詰め寄られて、ついそんな説明をしてしまう。

「従者じゃないって言ってたけど、付き添いっていうことは、やっぱり従者じゃないの？」

「伊集さんのこと、何て呼んでるんですか？　ご主人様、とか？」

「我が主《あるじ》とか」

「やだ、萌えるー！」

何だか怖《おそ》ろしくなってきて、青葉はひたすら盛り上がっている女子学生たちのそばから、そっと抜け出した。幸い絢人を乗せた白雪が高い障害を華麗なジャンプで乗り越えたところだったので、みんなの視線はそちらに釘付《くぎづ》けになった。その隙をぬって馬場を離れ、大学構内にある飲み物の自動販売機の方へ向かった。そばのベンチに座ってひと息つく。

「今どき、ご主人様も我が主もあるか……」

女子学生たちの盛り上がりの理由が、まったく理解できないわけではない。絢人を取り巻く世界観がやはりおかしいからだ。白馬に乗った貴公子のそばに地味な眼鏡の付き添いがいれば、ただの友達ではなく、従者に見えても不思議じゃない。いや二十代前半の男が従者を連れているなんていうことが異常なのだが、だからこそ、彼女たちは興味を持つのだ。

（いっそ絢人さんが、ものすごいブサイクとか、せめて地味な容姿だったらよかったのに）

パッとしない見てくれの男が白馬に乗れば、ただの笑い者だろう。

だがいかんせん絢人は綺麗すぎた。青葉の大事な、この世で一番美しい動物だと思える白雪と並んでいても遜色《そんしょく》がないくらいには。嵌《は》まりすぎて笑いも出ない。

（本当にあの人は、非常識というか、非日常すぎる）

出逢ってから十年以上経《た》っても、青葉にはそれが受け入れられない。伊集家はまるでお城で、そこに住んでいる絢人は王子様で、お伽噺《とぎばなし》みたいだ。

「青葉は、今日は乗らないのか」

ぼんやりと空を眺めていたら、横合いから急に声をかけられて、青葉はベンチから腰を浮かしそうになるほど驚いた。いつの間にか絢人が隣に座っていた。

「し……白雪は」

「青葉の姿が見えなくなったら、俺を乗せるのが嫌になったみたいだ。向こうで他の馬と遊んでるよ」

白雪は青葉以外の人間に対しては辛辣《しんらつ》だが、馬仲間にはそこそこ愛想《あいそ》がいい。

「——じゃあ俺、少し白雪の様子見に」

「コーヒー、飲みかけだろう」

青葉が片手に持っている缶コーヒーを見て絢人が言う。

「飲んでからじゃないと。馬場に持っていくわけにもいかないし、捨てるのも嫌だろ、青葉は」

絢人の言うとおりだった。青葉はしぶしぶとベンチに座り直し、コーヒーが冷めるのを待つ。ひどい猫舌なのに熱いコーヒーを買ってしまった自分を恨《うら》んだ。

「それとも俺が引き受けようか？」

「いや、飲みますよ。絢人さんが飲みたいなら自分で買ってください」

絢人は笑うだけで、首を横にも縦《たて》にも振らなかった。青葉が覚えている限り、絢人が缶コーヒーを飲んだことはない。というより、缶の飲み物を飲んだところを見た覚えがない。絢人はコーヒーが嫌いで、缶に入った飲み物が嫌いだ。紅茶は好きだが、安いティバッグも嫌いだ。その味に文句を言うことはないが、ただ微笑《ほほえ》んで、絶対に口をつけない。

「帰ったら、青葉の淹《い》れてくれた紅茶が飲みたいな」

――一番好きなのは青葉の淹れてくれた紅茶だな、と昔から繰り返し言う。二番目が香純さんの淹れてくれたもの。あとはまあ誰が淹れても一緒だよ、とか何とか。

「余所《よそ》の家で勝手にお茶なんて淹れられませんよ。母か他の人に頼んでください、それか、自分で淹れるか。今は自力で用意してるんでしょ」

青葉は何となく、アパートの絢人の部屋を思い出した。センターテーブルの上に並べられたティカップ。使い終わったものを自分で洗う気はないようで、未《いま》だに汚れたカップは増え続けているのかもしれない――などと想像して、ぞっとする。

「青葉がいるんだから、青葉が淹れてくれなくちゃ」

「白雪を連れて帰ったら、俺はアパートに戻りますよ」

「明日も会社は休みだろう?」

「白雪は元気になったみたいだから、用はないし、帰ります」

「俺が寂しいよ、青葉」

「知らねえよ」

あえて品のない調子で言って、青葉はまだ飲むことのできない缶コーヒーを手に立ち上がった。伊集家を出るまでは、同い年の絢人を「絢人さん」と呼び敬語を使って話していたが、別に相手を敬《うやま》ってのことではない。単に、相手と馴れ合いたくなかっただけだ。くだけた物言いをするほど親しいと思われたくないという一心だった。

しかし今となっては、それが失敗だったんじゃないかという気がしてくる。自分のそういう態度が、絢人をつけあがらせてきたのではないかと。

「全部、白雪のためです。白雪のことだけが心配でここまで来たんです。別に、絢人さんが寂しかろうが、俺には関係ありませんから」

しかし長年培《つちか》った癖というものは抜けなくて、青葉は結局敬語で喋《しゃべ》ってしまうし、絢人さんと呼んでしまう。そうする以外の距離感の摑《つか》み方が、やっぱりわからなかった。

「青葉は、往生際《おうじょうぎわ》が悪いなあ」

絢人が呆れるというより、まるで「そういうところが愛《いと》しくて仕方がない」とでもいうような調子で言うもので、青葉は震え上がった。

「何がですか」

「何もかもだよ」

どうしてか振り返れない青葉の背後で、絢人の立ち上がる気配がして、次には、右手に持った缶コーヒーにその手が伸びてきた。

「あ」

青葉が驚く間に、絢人がコーヒーを取り上げ、飲み口を唇に当てている。

一口、二口飲んだと思ったら、軽く咳《せ》き込《こ》んで缶を口から離し、最初は笑っていた絢人の顔

色が見る見る悪くなって、とうとう片手で口許《くちもと》を覆《おお》ってしまった。

「泥水《どろみず》じゃないか……」

「何やってるんですか、嫌いなくせに！」

慌てて、青葉は絢人の手から缶コーヒーを取り上げた。口に合わないと苦《にが》い顔をしてみるくらいならともかく、絢人は本気で気分が悪そうだ。

「青葉が飲めないものなら、俺が飲んであげようと思ったんだよ」

「俺も飲めないけど絢人さんも飲めないじゃないですか」

「そうだな。気が合うな」

段々宇宙人と話している気分になってきてしまった。不味《まず》さのあまり涙目になりながら、それでも笑おうとする絢人に呆れて、青葉は仕方なくポケットからハンカチを取り出して差し出した。

「うん？」

自分が泣いているのも、唇がコーヒーで濡れているのも、絢人自身は気づいていないらしい。青葉はやけくその気分で、相手の目許と口許を乱暴に拭《ぬぐ》った。この冗談みたいに綺麗な容姿をした男が、涙やコーヒーで顔を汚したまま他人の前に出ることを考えたら、青葉はどうしても居たたまれないのだ。

「あとは自分でやってください」

最初から大した汚れじゃない。それを見て幻滅《げんめつ》する人なんて、本当はどこにもいないのかもしれない。——青葉以外には。

相手の口許に押しつけるようにしたハンカチを、絢人が指先ごと握ってくるので、青葉はぎょっとした。

「白雪に妬《や》いてる」

気づけば絢人の体が近い。自分がずいぶん迂闊《うかつ》なことをしたのだと、青葉はやっと気づいた。

「いつになったら青葉は俺のために帰ってきてくれるんだろう」

「いつも何も……そんな日は、永遠に来ませんよ」

「なぜ？」

心から、理由が分からない、という顔をしている絢人を、青葉は間近で睨みつけた。

「俺は、絢人さんが、嫌いだ」

心臓をばくばくさせながら、一言一言区切るようにはっきりと言った青葉に、絢人はまたいつものように笑うばかりだ。

「そっか。俺は青葉が好きだよ」

まるで手応えのない絢人の反応に、青葉は苛立ちよりも、焦《あせ》りを募《つの》らせる。

「絢人さんの気持ちは聞いてません」

絢人に結婚しようだの、好きだのと言われて、無理だ嫌だと突っぱねたり、無視したりするのはこれまでいくらでもやってきた。

でもはっきりと「嫌い」だと告げたのは初めてで、そうすることが青葉にとってはかなり勇気の要《い》ったことなのに、絢人の笑顔はちっとも曇《くも》らない。

「……っていうか、よく、こんなはっきり嫌いだって言った相手に対して、平気で好きとか言えますね」

手を掴まれたまま、青葉は訝《いぶか》しい目を絢人に向ける。

疑りの視線を向けられた絢人は、そうされることが不思議だというように、小首を傾げている。

「青葉だって、俺がこんなはっきり好きだと言ってるのに、平気で俺を嫌いって言うだろう？」

「それとこれとは話が違うような……いや、同じなのか……？」

煙《けむ》に巻かれたような気がして青葉も首を捻《ひね》った。そしてやっぱり結局絢人とは議論するだけ無駄なのだろう、と諦める。あまりに話が嚙《か》み合わない。

もうずっとこうなのだ。出逢った時から、一度も嚙み合ったためしなどない。

「そろそろ白雪が寂しがる頃だろうから、俺は行きます」

溜息をひとつついてから、青葉は絢人の手を振り払おうとした。

だが思ったようにはならず、代わりにさらに強く手を握られ、そのうえ後ろから腰を抱き寄せられるような感触がして、驚いてつい顔を上げた時には、絢人の端整な顔が目の前にあった。

「……ッ」

咄嗟《とっさ》に、本当に反射的にとしか言いようがない動きで、青葉は絢人の乗馬用のブーツを踏《ふ》み躙《にじ》った。

だが丈夫な革靴のせいか、相手の痛覚がどうにかなっているのか、絢人はそよ風が吹いたほどの反応も示さないまま青葉を抱き寄せると、あっという間に唇を奪った。

（また……！）

じたばたと足掻《あが》いても、抱き締めてくる絢人の手から逃《のが》れられない。遠慮なく絢人の舌が唇を割って入り込もうとしてくるので、逃げるのは諦め、もう一度力一杯ブーツの甲《こう》を踵《かかと》で踏みつけた。さらに脛《すね》の横を靴の側面で蹴りつけると、さすがに痛かったのだろう、絢人が蹴られた場所を押さえるために身を屈《かが》め、その隙に青葉は思い切り後退《あとず》さった。

「い……ッ、もうちょっと、手加減してくれても、いいような……」

「こっ、この、変態野郎……ッ」

絢人の非難を聞き入れる必要なんてない。青葉は、濡れた唇を手の甲で拭いながら、相手を罵《ののし》る。

だが同じくらい自分のことも罵りたかった。なぜ、どうして、こうやすやすと相手の思うままになってしまうのか。警戒してしかるべきなのに、どうしてこう油断してしまうのか。

「こういうのやめてくれって言いましたよね、勝手に触ったり何かしたりそういう雰囲気に持っていくなって俺何度も言いましたよね⁉」

「先に俺に優しくしたのは青葉だよ」

絢人がコーヒーで汚れたハンカチを見下ろす。

「それに、やめろとは言われたけど、わかったとは言ってない」

「――絶対、二度と、絢人さんのところになんて帰りませんから！」

喚《わめ》き散《ち》らして、青葉は腹立ち紛《まぎ》れに地面を踏みつけるようにして、絢人に背を向けた。

絢人が笑っているのか、困っているのか、怒っているのか、振り向いてたしかめたいような気がしたが、どうにかこうにか我慢した。

◇◇◇

白雪は何とか機嫌を直したものの、青葉にはやはりまた彼女を置いて伊集家を離れるのに忍びない気持ちだった。

とはいえ伊集家に帰るわけにもいかない。大学を後にし、白雪を馬房に戻して名残惜しく別れを告げる。香純にも挨拶をしていこうと思ったが、庭園に彼女の姿が見当たらなかった。

「香純さんなら、控え室で休んでるよ」

青葉が香純を探して母屋を歩いていると、見知った男に声をかけられた。長く伊集家に勤めている執事の榎戸《えのきど》だ。伊集家の家務《かむ》や会計を取り仕切っている。四十をとっくに過ぎているはずだが独身で、見た目も若く、青葉が伊集家に初めてやってきた頃からあまり印象が変わらない。温和で親切で、青葉にしてみれば兄代わりにも思えるような人だった。

「青葉、もうここを出たおまえに頼むのは筋違いだし申し訳ないと思うから、できればでいいんだけど……」

その榎戸が、改まった態度で青葉に言う。

「オープンガーデン、明日の初日だけでも来られないかな。アルバイトは何人か雇ったんだけど、やっぱり長年やってきた青葉がいないと、香純さんの負担が大きくて」

青葉は困惑して榎戸を見返した。榎戸は言葉どおり申し訳なさそうな顔になっている。

「青葉にこんなことを頼んだら香純さんには叱られるだろうけど、言わなければ青葉に叱られると思ってね。どちらかに叱られるなら、香純さんの方が叱られ慣れてるから」

それでも長年の付き合いである気安さから、どこか冗談めかして言った榎戸に、青葉は仕方なく笑ってしまった。

たしかに、支度をしている香純たちは例年よりもずっと大変そうに見えて、自分が抜けたせいだと、青葉にも気懸かりだった。

「わかりました、明日も会社は休みだから、来られますよ。ただ……できれば、絢人さんには言わないでおいてくれますか」

後半は声を潜《ひそ》めて言った青葉に、榎戸が不思議そうな顔になる。

「どうしてだ？　というか、それは無理だよ、今年からオープンガーデンは絢人さんが責任者なんだ」

「え……そうなんですか？　奥様は？」

オープンガーデンは、毎年武緒が主催ということになっている。武緒は伊集家にもその事業にもまるで興味を持たない趣味人で、夫の仗次と折り合いがあまりよくもなく、主催と言っても名前を貸して少し挨拶に出るだけだった。だから大してそれが彼女の負担になることもないと思っていたのだが。

「絢人様がもう学生ではないから、任せられるところはすべて絢人様に任されるおつもりなんだろうと思う。だから青葉が来てくれるのなら、絢人様に言わないでおくことは無理だな」

「……うう」

青葉はしばらく悩んだが、やはりどうしても後ろめたさに耐えきれず、頷いた。

「……わかりました」

榎戸にしぶしぶ請け合うと、青葉は使用人用の控え室に向かって香純に挨拶をしてから（オープンガーデンを手伝うことを告げたら、案《あん》の定《じょう》香純には渋られてしまった）、今度こそ伊集家を辞去《じきょ》しようとした。

そして母屋を出たところで、待ち構えていたような絢人と遭遇《そうぐう》する。

「青葉、頼みがあるんだ」

礼儀上会釈《えしゃく》だけしてさっさとその横を擦《す》り抜《ぬ》けようとした青葉を、絢人が呼び止めた。

「何ですか」

大方オープンガーデンのことだろう、と見当をつけて、青葉は足を止める。香純や他の使用人のため、榎戸に頼まれたからであって、断じて今回から責任者になる絢人のためではないし絢人に頼まれたからでもない。そう答えるつもりで相手を見上げた。

「今からフランスのワイナリーに行くことになった」

「え」

しかし絢人が口にしたのは、青葉の想定外の言葉だった。

「すぐ発《た》たなくちゃならないんだけど、アパートに戻ってる暇がないから、時間がある時に部屋を見ておいてくれないか。鍵を掛けたか覚えてなくて」

「……!? 鍵掛けてないんですか!?」

「掛けた覚えがないけど、まあ掛けた……かな? くらいの」

「バカじゃないですか……!?」

時間がある時に、ではない。今すぐ見にいくべきではないか。

「入りやすいアパートだなんて思われたら、他のお宅にまで迷惑になるんですよ! 何やってんだもう、呑気《のんき》に俺に頼んでないで、さっさと人を遣らせればいいじゃないですか!」

考えてみれば絢人に「家の鍵を掛ける」という習慣はない。施錠《せじょう》も解錠《かいじょう》も、安全管理も全部他の人間がやってきたのだ。かといってあまりに悠長《ゆうちょう》すぎる様子に青葉は遠慮なく相手を叱りつけ、急いで正門に向かった。庭が広すぎて、母屋の玄関から正門まですぐに出られないのがもどかしい。

どうにか伊集家の敷地を出て、駅までも走り、電車に乗りアパートに戻った。

玄関のドアノブを回すと、どうやらきちんと施錠されていたようなのでホッとする。前に絢人から押しつけられたままの合鍵を使ってドアを開け、中を確認した青葉は、以前この部屋に足を踏み入れた時は堪《こら》えたのに、今回はへなへなとその場に膝《ひざ》をついてしまった。

「き……きったねえ……！」

前に入った時の比にならないほど、絢人の部屋は凄惨《せいさん》なことになっていた。ベッドの上とそこからユニットバスに至るまでの道のりだけまるで獣道《けものみち》のように何もない空間ができあがっており、それ以外の部分には、あらゆる書類とティカップと衣服が雑然と積み上げられていた。

スリッパも見当たらないので、青葉はおそるおそる獣道を通り、ベッドに向かった。ベッドの向こうに掃《は》き出《だ》し窓がある。ベッドで窓を塞いでいるから、絢人はまるっきり洗濯物を外に干すということについて考えていないのだろう。そもそも洗濯機もないのだから当然か。

ブラインドカーテンを上げ、掃き出し窓の鍵をたしかめると、きちんと施錠されている。ほかに、キッチンの小窓も確認したが、こちらも閉まっていた。

(なんだ、ちゃんと閉めてるんじゃないか)

まあこの部屋を見たら、泥棒だって逃げ出すだろう。青葉はうずうずしている手を反対の手で押さえ、なるべく部屋の惨状《さんじょう》を目に入れないようにしながら、再び玄関に戻った。半《なか》ば瞼《まぶた》を瞑《つむ》って絢人の部屋を出る。外から、しっかりと施錠し直す。

急な出張でアパートに戻る必要がないのだから、絢人はやはり重要なものはすべて伊集家に置いてきたか、データなどは身の回りで管理しているのだろう。この部屋なんて、結局ただのゴミ溜めだ。

(出張から帰ってきて、居心地が悪ければ、ここから出ていってくれるかもしれない)

部屋の様子を見にいかされたのは業腹《ごうはら》だが、絢人の出張はタイミングがよかったと言えばそうだ。明日オープンガーデンを手伝いに行っても、顔を合わせる必要がない。

忙しくなるだろうが働くことは好きだし、合間を見て白雪ともまた会えるだろうし、絢人もいないし、それなりにいい休日になりそうだと思った。

4

オープンガーデンの初日は予想通り盛況《せいきょう》で、青葉《あおば》は忙しく動き回る羽目になったが、滞《とどこお》りなく終わった。

むしろ何だかんだと生き生き働いて、充実した一日を過ごしてしまった気がする。

途中顔を出した仗次《じょうじ》から夕食に招かれたが、青葉はそれを固辞《こじ》した。やっぱり伊集《いしゅう》家とはもう関わりがないし、そう言いつつも楽しく手伝いをしてしまった分は、他のアルバイトたちと同じ給料をもらうことで気持ちにどうにか折り合いをつけた。

（でもまあ、他の人よりはもらってるんだろうな、これ……）

アパートに帰ってから、日当の入った給料袋を覗いて、青葉は溜息を押し殺す。他のアルバイトもそれなりにいい値段をもらっているのだろうが、それにしたって破格《はかく》だ。まともに会社勤めをしているのがバカらしくなりそうな金額だった。

（本当に、あの家も絢人《あやと》さんも、常識がおかしい）

分厚《ぶあつ》い封筒を握ったまま、青葉は仰向《あおむ》けに畳《たたみ》へと転がった。さすがにくたくただ。

（おかしいとは思うのに結局こうやって巻き込まれてる、いつも）

絢人と顔を合わせずにすんだとはいえ、香純《かすみ》や榎戸《えのきど》たちを助けるためだとはいえ、どうしてせっかくの休日に予定外のアルバイトまでやっているのだと、冷静に考えて今さら溜息が出てくる。

いつもこうだ。なるべく絢人や伊集家とは関わらずにおきたいのに、気づけば、思わぬ方に自分の行き先が転がってしまう。

（学校だって）

小学校までは、公立の学校に通っていた。香純とアパートで二人暮らしていた頃に通っていた小学校に、伊集家からでも通えたのだ。仗次たちには「絢人と同じ学校に通えばいい、同い年なんだから」と言われたが、あと一年ちょっとで卒業できるのに、先生や友達と別れるのは嫌だからと強情を張って断った。

――本当は、母子家庭であることや、香純が若くて綺麗であることなどを理由に、周りの子供たちからはからかわれて、友達らしい友達などいなかったのだが。とにかく、子供心にも、何となく絢人と同じ学校に通うことに抵抗を感じたのだ。

中学校は、学区内の公立校がひどい荒れようで、まともな授業にもならず、生徒同士のみならず教師へのイジメも横行《おうこう》していて、修学意欲のある子供は塾に行くか私立中学に行く――というのを仗次と武緒《たけお》が聞きつけ、青葉の小学校生活があまり楽しくなかったことを察している香純の願いもあり、絢人と同じ中高一貫の私立男子校に通う羽目《はめ》になってしまった。私学なんて学費の面でとんでもないと、青葉は最初断ろうとしたのだが、「絢人と同じ学校なら学費をかなり免除《めんじょ》してもらえる」という仗次の甘言《かんげん》に釣られて頷いてしまった。子供だったのだ。学費は免除されても、莫大《ばくだい》な寄付金を伊集家が出していることになど、思い至らなかった。

高校卒業後こそ別々の進路にと思い、香純と担任教師以外には内緒で大学の推薦《すいせん》をもらったのに、気づけば絢人が一般で同じところを受け、合格した。おそらく担任教師が裏切ったのだ。

絢人の合格を知った後でも別の大学に通う道はあったが、どうして俺が絢人さんのせいでせっかく受かった学校に通えないのだと腹が立って、そのまま入学した。元々絢人は中高と同じ系列の大学に進む予定だったが、青葉が推薦を受けたのはそこよりも数段学力の高い公立大学だったので、誰も絢人の進路変更には反対しなかった。

（……俺の人生、本当に、絢人さんに振り回されすぎじゃないのか……）

軽いイジメというかイジリを受けて面倒だった小学生の頃なんて、絢人と同じ中高時代の生活に比べれば、何の煩《わずら》わしいこともなかった。

行き帰りは絢人と同じ車で送迎されて、学校側が気を遣ったのか誰かの差し金なのか六年間同じクラスで、周りはすっかり『伊集の世話は原田《はらだ》が見るもの』という認識だ。世話も何も、中学生にもなれば自分のことは自分でやるのが当然で、絢人もそうしていたはずなのに、絢人に関する用事はすべて青葉を通してやり取りされた。金持ち学校だったが、技術家庭科以外のすべての科目で首席を取り続ける伊集家の総領息子には他の生徒たちも近寄りがたいらしく、周り中、教師までもが気軽に青葉に言付けを頼んでいった。

そのくせ自分では手の届かない絢人と終始一緒にいる青葉に対して妙な嫉妬心を抱《いだ》く者もいて、結局中高も「庶民《しょみん》のくせに」だの「使用人の息子が」だの陰《かげ》に日向《ひなた》に誹《そし》られたし、それはともかくとして、「伊集君に取り入っている」「絢人さんに馴れ馴れしく近づいていい気になっている」などと、青葉にしてみれば怒りで眩暈《めまい》がしそうな中傷《ちゅうしょう》までされた。そんなに絢人さんと仲よくなりたいなら自分から話しかければいいだろう、と言い返したら、相手が揃って「でも……」「俺なんかが伊集君と……」などともじもじしだしたので、端から殴りつけてやりたい衝動を堪《こら》えるのに苦労したものだ。

面倒が嫌なので、というよりも絢人を巡《めぐ》って誰かと争うなんて真《ま》っ平御免《ぴらごめん》だったので、青葉は何もかもやり過ごそうとしていたのに、状況に気づいた絢人が静かに怒り出した。そこからが青葉にとっては災難の本番だった。絢人は青葉に目立ってちょっかいをかけてきた相手の得意分野、学業だとか、英語の弁論だとか、絵画だとかで彼らを負かすよう、青葉に特訓を迫ってきたのだ。何で俺がそんなことを……と思いつつ、意気揚々《ようよう》とテキストを抱《かか》えた絢人が離れの青葉の部屋に毎日押しかけるので、さっさと課題をクリアした方がましだろうと、それに付き合った。

おかげで成績は上がったし、あれこれ表彰もされたし、絢人の目論見《もくろみ》通り青葉に（少なくとも表立って）誹謗《ひぼう》中傷してくる生徒はいなくなった。絢人は「明らかに自分の方が劣《おと》っているのに、相手を貶《おとし》めるほどみんなプライドが低くはない」などと言っていたが、青葉の見立てでは、単に「これ以上伊集君を怒らせて嫌われたくない」という理由だったんじゃないかと思っている。

そして、

『俺の青葉がみんなに認められて嬉しいよ』

などと笑う絢人に、青葉は何とも言えない気持ちになった。誰がおまえのだ、と言わなかったことは今でも悔やんでいる。その時は、運動神経だけはどうにもならなかった青葉に成り代わり、臨時で出場したいくつかの運動部の試合で立派な成績を上げ、自分の怒りを周りに見せつけた絢人に、感謝していいのかどん引きしていいのかわからなかったのだ。

（……絢人さんは、どうして俺にあんなに執着《しゅうちゃく》するんだろう）

今は主のいない隣の部屋へと繋《つな》がる壁を睨みつけながら、青葉は何度考えても答えの見つからない問いを、また頭に浮かべた。

（何かしたっけ、俺）

傅《かしず》かれることに慣れている絢人に対しては、昔からずいぶん横柄《おうへい》な態度を取っている。敬称をつけたり、敬語をそこそこ保とうと心懸けているが、相手がバカなことを言えばバカですかと罵《ののし》るし、不埒《ふらち》な行為を仕掛けられれば殴って対抗するし、親しみを感じさせた覚えなど一度たりともない。

だが絢人は青葉がどんなに罵っても、笑うばかりで、怒りも悲しみもしない。よくよく見ると、嬉しそうですらある。

（マゾなのか……それとも、物珍しさなのか）

学校には上流階級の子供が集められていた。庶民を煮詰めたような青葉が異端《いたん》中の異端で、他の生徒たちの方がよほど価値観が合っていただろうに、絢人が青葉とだけ一緒にいたがる理由がわからない。

見た目は地味だし、意地悪でも嘘つきでもないし真面目な方だと自己評価を下せるにしろ、それだけだ。趣味も合わない。絢人が好きなクラシックにも洋楽にも洋書にも歌劇にも興味がない。ファッションもどうでもいい。馬は好きだが乗るよりも眺めていたい。好きなのは、絢人が絶対にやらない掃除や、整理整頓《せいとん》や、料理や、ＤＩＹだ。

（会話が弾《はず》んだこともない）

生まれも育ちも趣味も何もかも違う相手を、どうやったら、追い掛けようなんて思えるんだろう。

しばらく眉間《みけん》に皺《しわ》を寄せて壁を睨み続けてから、青葉は、結局絢人のことを考えている自分に思い至ってうんざりした。

伊集家にいた頃もずっと考えていた。絢人が自分に好意を寄せているような態度を取るたび。

好きだとか、お嫁さんにするとか、そういう馬鹿げた戯《ざ》れ言《ごと》を口にするたび。

せっかく絢人のいない場所へ逃げてきたのに、これじゃ意味がない。

そのうえ母屋《おもや》と離れでそれぞれ寝起きしていた頃のことを思えば、伊集家を出てからの方が、距離的によっぽど絢人と近い場所で暮らす羽目になっていることにも気づいて、愕然《がくぜん》となる。

（まあ、今は、いないんだけど）

壁の向こうは妙にしんとしている。絢人の生活音は本当にうるさくて、早朝と深夜、彼の住む部屋から響いてくるさまざまな音を聞くたび、青葉は嫌でもその存在を意識する。

せっかくしばらく出張で部屋を空《あ》けると言っているのだから、のびのび過ごせばいいものを、青葉の耳はやけに冴《さ》えて、上の住人や、二軒隣の人の立てる物音にまで、いちいち反応してしまう。いなけりゃいないでうるさい人だと、我ながら理不尽《りふじん》な苛立ちまで感じた。

（寝てしまおう）

まだ歯も磨《みが》いていないし、風呂も入っていないのに、全部朝やればいいと、潔癖症のきらいのある青葉にしては珍しく投げやりにそんなことを思い、無理矢理目を閉じる。

だが結局悶々《もんもん》と絢人のことを考えてしまうし、眠気なんてちっとも訪《おとず》れなかったので、諦めて起き上がると歯を磨き風呂に入り、気づけば風呂場から台所から玄関から冷蔵庫の中まで、念入りに掃除してその夜を過ごした。

◇◇◇

絢人がいつ出張から帰ってくるのか訊いておかなかったことを、青葉はいくらか後悔した。

絢人がいないことについて、考えるな……と自分に言い聞かせるほど、その存在を意識してしまう羽目になる。

それが嫌で、青葉は会社から帰ると、年末でもここまでやるかというくらい部屋の掃除に励《はげ》んだ。掃除している時は無心になれる。しかし狭い部屋だし、入居前にきっちりクリーニングをしてもらっているし、そもそもそうじゃなくても毎日掃除に励んでいるせいで、どんなに執念深く見ても埃《ほこり》ひとつ見つけられないようになるまで、二日と掛からなかった。

アパートの周りもいつもどおり掃《は》き清《きよ》めたり、余所《よそ》様の家の分まで集合郵便受けを磨き上げたりしてしまったが、まだ足りない。

(掃除したい……掃除……)

伊集家はよかった。広い家だから、かならずどこかに片づけるべき場所があった。母屋は香純たち正式な使用人の持ち場なのでそこにずかずか踏み入ることはできなかったが、広い庭や厩舎《きゅうしゃ》の周りの掃除をすれば山倉《やまくら》からは感謝されたし、武緒の離れやその庭も、男手がいるような作業をすれば喜ばれた。

(何て恵まれた環境だったんだろう)

掃除する場所がなくても、白雪《しらゆき》をブラッシングしてやったり、馬具《ばぐ》を磨いたり、その姿をただ眺めているだけでも満足だったのに。

絢人がいないのならば、今のうちに伊集家に行って白雪に会ってもいいんじゃないかと魔が差しかけたが、自分で「伊集家とは無関係だ」と出てきたのにそれは虫がよすぎると、どうにか自分を制した。

オープンガーデンを手伝った日曜日が明けて月曜、火曜日でもうそんな状態で、会社でも事務所中を片づけ始めて、他の社員たちから「大丈夫か……？」と心配されてしまった。

水曜日に仕事を終えて帰宅してから、自分がやったことだが自分の部屋があまりに綺麗であることに絶望して、その日着ていたシャツや下着や靴下を洗って干し終えてしまったあと、青葉はふらふらと壁際の棚に向かった。

（あそこだ……もう、あそこしかない）

抽斗《ひきだし》を開け、絢人から預かった合鍵を取り出す。

絢人の部屋ならば、いくらでも片づけ放題だ。その誘惑に勝つことができなかった。大体、自分の間近にあんなに汚れた部屋があるなんて事実が我慢ならない。

そこに、あの綺麗な顔をした絢人が住んでいるということにも。

合鍵と掃除用具一式を手に、青葉は部屋を出ると、隣室に向かった。

前回ここに入った時は、ドアを開けた途端頽《くずお》れたくなったのに、今は記憶どおりに散らかりまくった部屋が目の前に現れると、青葉の中には間違いなく喜びが生まれた。

「本当に……、絢人さんは、出したらしまうとか、いらないものは捨てるとか、そういう頭がないんだから……！」

罵倒《ばとう》のつもりで言った言葉にも喜色《きしょく》が滲《にじ》んでいるが、青葉自身は気づかないまま、さっそくゴミ袋を広げると、あからさまに不要物ですと主張しているものを拾って回る。燃えるゴミと燃やせないゴミは分けて。重要書類はさすがにきちんと片づけているようなので見当たらないが、仕事に使いそうなものは注意して別の場所、案件ごとにまとめる。タオルやリネンや服は家で洗えそうなもの、クリーニングに出すべきものを分けてまとめる。これだけでずいぶん部屋がすっきりした。

あとはセンターテーブルとシンクにたまりまくったティポットとカップを洗い、茶葉を捨てる。放置されたポットには案《あん》の定《じょう》カビが生え、茶渋《ちゃしぶ》がこびりついていたので、持参したクリーナーで熱心に洗い上げる。

こうして青葉は次々と散らかった部屋のあちこちを攻略していった。短期間で特定のものしか使っていないようだったから、二時間もすればすっかり片づいてしまう。

しかしまだ床がある。箒《ほうき》を使って丁寧に掃《は》き清《きよ》め、雑巾《ぞうきん》で水拭《みずぶ》きし、から拭きし、ワックスを塗って——というのを、意図的にゆっくりと、終わってしまうのを惜しむかのように行《おこな》った。

これが一番時間がかかった。

「――よし」

ひととおりウッドカーペットを磨き上げ、汗ばんだ額《ひたい》を手の甲で拭いながら、青葉は這《は》い蹲《つくば》っていた体を起こした。

「あとは、窓……いや、でもそこは明日に取っておいた方が」

いっぺんに片をつけてしまうべきか、あるいは明日のために残しておくべきか思案《しあん》していた青葉は、玄関の方で物音がしたことに気づいて、飛び上がるほど驚いた。既視感《きしかん》を覚えるままに振り返れば、はたして、ドアを開けて玄関に入ってきたのは絢人だった。

「……」

気まずさに、青葉は口を開くこともできない。絢人が帰ってくる可能性をまったく頭に入れていなかった自分が間抜けすぎて驚く。

「ただいま、青葉」

絢人の方は、青葉がここにいること、部屋がぴかぴかに磨き上げられていることについては何も言わず、またそれがあたりまえのように笑って、部屋に入ってきた。

「少し飛行機が遅れて、疲れた。でも青葉に早く会いたくて、急いで帰ってきたんだよ」

にこやかに言いながら、つい数時間前まではスーツやシャツやネクタイの積み上がっていた、今は青葉の手によって糸くず一本落ちてないソファの上に、絢人が身を投げ出す。背もたれに寄りかかりながら深い溜息をついて、長い脚を組む仕種《しぐさ》がまるで映画の一シーンみたいに嵌《は》まっていて、青葉はついつい、みとれてしまった。

「お茶、頼めるかな」

「あ、はい」

また当然のように頼まれて、青葉は急いでキッチンに向かってから、はっとなった。

(何で俺が)

絢人のためにお茶を淹れてやる必要などない。そう言い返すこともできたのかもしれない。しかし勝手に上がりこんで、勝手に部屋を掃除してしまった今、そう言い張るのも墓穴《ぼけつ》を掘るだけな気がして、堪《こら》える。

それに――。

(……本当に、疲れてるみたいだな)

飛行機を使って海外出張となれば、疲れるのは決まっている。だが絢人は体力がある方だし、病気らしい病気をしたことだって青葉の覚えている限りなかったはずなのに、こっそり窺い見ればどこか顔色が悪く、げっそりしている。

そういう相手に冷たく当たるのもどうかと思い、青葉は綺麗に片づけたばかりのキッチンでお湯を沸かし、黙って一度絢人の部屋を出た。自分の部屋に戻り、牛乳とブランデーと蜂蜜《はちみつ》を取ってくると、再び絢人の部屋のキッチンに向かってブランデー入りのミルクティを作る。

「……どうぞ」

肘掛《ひじか》けで頬杖をついている絢人は、一連の青葉の動きをじっとみつめていた。見られていることに気づいていたが、気づかないふりで、青葉は絢人の前にティカップを置いた。

「見捨てられたのかと思った」

「は……?」

笑いながら言った絢人に首を捻《ひね》ってから、青葉はそれが一度部屋を出ていったことに対してだと気づいて、むっとした。疲れている相手を見捨てるほど冷血じゃない。かといって、見捨てませんよと言うこともできず、結局無言を通すしかない。

絢人の方もそれ以上は何も言わず、ティカップを手に取ると、香りを楽しむような仕種をしてから、ゆっくりミルクティを飲んだ。

「――うん、やっぱり青葉の淹れてくれたのが一番だな」

「大袈裟《おおげさ》な……」

「青葉が淹れる以外のミルクティなんて飲めないよ」

それが真実だと、青葉も知っている。絢人が飲む紅茶は基本的にはストレートだ。砂糖や蜂蜜を入れるのも苦手なようだし、適当なカフェに入った時にティカップの上に植物由来のミルクポーションだの、スティックシュガーなどが置いてあると、どことなく悲しそうな顔になる。

しかし疲れている時や気鬱《きうつ》な時は、甘いミルクティを飲むと落ち着くらしい。最初青葉が淹れてやった時はたしか、困った顔でミルクティの入ったカップを見下ろしていたものだが――。

（中学生の頃だ）

夜中に、絢人が離れにやってきた。朝早くから働く香純はとっくに就寝《しゅうしん》した時間で、青葉もベッドに入っていたが、たまたま寝つけず寝返りばかり打っていた時に、玄関で物音がした気がして覗きにいけば、パジャマにカーディガンを羽織《はお》った絢人が佇《たたず》んでいたので仰天《ぎょうてん》した。

どうしたんですか、と訊いても絢人は何も答えず、俯《うつむ》いて黙り込むばかりで、青葉は困惑した。季節は多分秋の頃で、台風が近づいていたのか生温《なまぬる》い風に雨の匂いが乗り始めていて、青葉は仕方なく絢人を自分たちに宛《あて》がわれた部屋に招き入れた。と言っても自分や香純の寝室を使うわけにもいかず、共用の食堂に座らせ、ひどく寒そうに見えたので、ミルクティを作ってやった。寝つけない夜に香純が淹れてくれるのを真似ただけだ。濃いめに淹れた紅茶に温めたミルクと蜂蜜、料理用のブランデーを少々入れる。

ミルクティは飲まないよ、とか何とか、絢人は言ったと思う。青葉は不機嫌そうにも見えた絢人を黙って上から睨みつけた。青葉は青葉で不機嫌だった。鳥目《とりめ》の絢人が、こんな天候の夜に母屋から離れに来るまで、転んだり、何かにぶつかったりしたのがありありとわかる様子で、パジャマの裾《すそ》や手を汚していたのが気に食わなかった。

睨まれた絢人は、眉を顰《ひそ》めながら目を伏せてカップを口許《くちもと》に近づけ、ふうふうと息を吹きかけて冷まそうとした時、案外いい匂いがしたのに興味をそそられたのか、そのままミルクティを口に含んだ。

――その中学生だった頃と同じように、今青葉の目の前にいる絢人も、やたら満足そうな溜息をゆっくり吐き出している。

（何か、あったのか）

気懸かりだったが、青葉は自分から訊ねることができなかった。その必要があるのかもわからない。絢人と自分は別に友達じゃない。出張から帰ってきたあとに疲れた様子を見せているのだろうから仕事絡みのことかもしれず、だったら絢人から自分に話せることもないとわかっている。関わりたくなかったので詳しくは聞いていないが、絢人は伊集グループの中ですでにさまざまな決定権や発言権を持っているらしい。青葉は部外者だ。漏らせるわけがない。

（本当に、この人は、それでもどうして俺のところにくるんだろう――）

中学生の頃に突然離れを訪れた時も、青葉は絢人に何があったのか聞かなかったし、絢人も話さなかった。まるで興味がなかったわけでもないが、絢人はきっと話さないだろうなと、それだけがやけに確信的に理解できた。

あれからたびたび絢人は青葉に紅茶をねだるようになったが、ミルクティで、という注文が相手から入ったことはない。気に入った銘柄《めいがら》を口にするだけで、ミルクや蜂蜜を入れる時は、青葉が勝手にやる。今日みたいに。そしてそれに関して絢人が文句を言ったこともそれを顔に出したこともない。気に入らない時でも浮かべるお愛想《あいそ》笑いと、本当に気に入った時に見せる嬉しそうな笑みの違いくらい、青葉にもよくわかった。

今も絢人は後者の方の笑みを浮かべて、ゆっくりとミルクティを飲んでいる。

「青葉、座らないか」

ぼうっと絢人を眺めていたら、そう呼び掛けられた。我に返った青葉は慌てて首を振る。

「いえ、もう戻ります」

「お土産があるんだ」

「――そういうの、俺は一切いらないって言いましたよね」

「香純さんたちにだよ。前にもあげて、すごくよかったっていう美容液をまた買ってきたんだ。他の人にも」

そう言って、絢人はソファのそばに置いた鞄から小さな箱をいくつか取り出した。

「次に香純さんに会う時に渡しておいてくれ。俺から渡したら、あの人たちはまた代金を支払うとか、そうじゃなきゃ受け取れないとか言い出すから、青葉から『代金を受け取ったら絢人に叱られる』とでも言っておいてくれ」

こういう絢人のやり方を、気遣いというべきなのか、策略《さくりゃく》というべきなのか、青葉にはいつも判断がつきかねる。

「突っ返されても、他に行き場もないから俺も困るし」

「……どなたか、あげる人はいないんですか」

香純にとってはいいことだとわかっていても、何もかもが絢人の思い通りになることが青葉にはどうも気に食わず、気づけばそんな言葉が皮肉っぽく口から漏れてしまった。

絢人が青葉を見上げて小首を傾げる。

「青葉も使いたいのか？」

「使いませんよ、そんなもの」

「じゃあ他にはいないな、あげたい人なんて」

絢人は飲み終えたカップをセンターテーブルに戻し、青葉が避ける間もなく、自然な仕種で手を握ってきた。

「⁉」

腕を引っ張られ、気づいた時には絢人に凭《もた》れるようにソファに座ってしまっている。

「俺を試すために訊いてくれた言葉なら嬉しいんだけど」

「そんなわけないでしょ」

呆れて、相手の体を押し遣ろうとするが、肩を抱き込まれてどうにもならない。

「いい加減そういう笑えない冗談やめてくださいって、何度言ったらわかってくれるんですか」

「冗談じゃないってことを、何度言ったら信じてくれるんだろう、青葉は」

「信じられるわけないですよ、絢人さんの家柄で、見た目で、頭で、どんな上等な女性でもよりどりみどりなのに、よりによって男の俺を口説《くど》こう口説こうと虎視眈々《こしたんたん》と狙ってるとか、意味がわからなくて」

「愛は理屈じゃないよ」

愛、などと恥ずかしげもなく飛び出てきた絢人の言葉に、青葉は震え上がった。

「そういうのに俺を巻き込まないでください」

「巻き込まれたくなかったら、俺を夢中になんてさせなければよかったんだよ。悪いのは青葉だ」

「ああああああやめてくれ、やめてくださいお願いですから、そういうの！　怖い！」

耳を塞《ふさ》ごうと、絢人の体を突っぱねていた腕を動かしたら、その隙を突いて抱き締められてしまった。

「今さら逃げるのは狡《ずる》いよ、青葉」

「何ですか今さらって」

聞き捨てならない言《い》い種《ぐさ》な気がする。

「今さらも何も、俺はいつ絢人さんが俺をどうこう思ったかとか、知りませんから。知りたくもないですけど」

「切っ掛け自体は、初対面の時かなあ」

「知りたくないって言ってるんですけど！　——初対面の時？」

また聞き捨てならないことを言われた気がして、青葉は自分の耳を塞ぐ両手を下ろした。

「それはありえないんじゃないですか。だって絢人さん、俺と初めて会った時、俺に向かって自分が何て言ったか覚えてますか?」

「覚えてるよ。青葉も覚えてくれてるんだ。嬉しいな」

「いやいや、喜ぶようなことじゃなかったでしょう」

お父さん、なぜ彼はあんなふうな汚い格好をしているんですか……などという台詞《セリフ》を、言い放った相手に覚えられていて喜ぶ感覚が、青葉には理解しがたい。

だからそれをそのまま伝えたら、絢人がまた首を捻った。

「それは青葉に言ったんじゃなくて、父さんに言った言葉だよ」

屁理屈《へりくつ》に聞こえて、青葉はむっとした。

「とにかく俺はそれで、こいつは何てムカつく野郎だと思ったんですけど」

率直に、青葉はそう感想を述《の》べた。

絢人も腹を立てたり、傷ついたりするだろうかと緊張したが、相手は笑って頷いたので青葉は驚く。

「そうそう。そういう顔で俺のことを見ていたよ、小さい青葉は。あんまりそういう目で見られたことがなかったから、びっくりした。それで、そのあとも覚えてるか?」

「そのあと……」

「『服はみっともないけど顔は綺麗だね』」

「――ああ! そうだ! そう言った、たしかに言った!」

最初の発言があまりにすごいインパクトだったのでそればっかり思い出していたが、たしかに絢人は青葉にそう言ったのだ。

絢人との初顔合わせの翌日、青葉が伊集家を探検して、初めて白雪という美しい馬に出逢った時だ。

白雪の背から下りた絢人は、青葉の姿を上から下まで無遠慮に眺めたあと、さっき絢人が言った言葉をそのまま青葉に告げたのだ。

当時の青葉は、それにうまく反応ができなかった。『はあ……』とか、ちょっと間の抜けた返事をしてしまったと思う。

『友達になってあげるよ』

ぽかんとする青葉に、さらに絢人が続けた。それがいかに名誉なことであるか、青葉が当然知っていると信じている顔で。

ためらいもてらいもなく笑って手を差し伸べてきた絢人が、青葉には得体の知れない変な生き物みたいに見えた。

『いえ、お母さんが絢人くんの家で仕事をするだけで、俺は友達とかじゃないんで』

差し出された手に答える代わりに、自分の顔の前で片手を振って見せた青葉を見て、絢人は腑《ふ》に落ちない、何を言われているのかわからない、という表情になった。

『ぼくと友達になりたい子はたくさんいるんだよ。学校ではみんなぼくを取り合うんだ。青葉は、嬉しくないの？』

本当に不思議で仕方がないというふうに問われて、青葉は青葉で驚いた。

『友達は自分で選びます』

小学校に友達らしき友達もおらず、それが特に苦でもなかった青葉にしてみれば、どうして相手から『友達になってあげる』などと高飛車《たかびしゃ》に、恩着せがましく言われなくてはならなかったのか、理解できなかった。

『へえ……っ』

絢人は目を丸くしていた。

お互いとも、お互いが何を言っているのか、さっぱり理解できなかっただろう。

その理解のできなさ具合は、十数年経った今でも同じだと青葉は思っている。

「あの時青葉は、俺の横《よこ》っ面《つら》を力一杯引っぱたいたんだよ」

「え!? たしかにぶん殴りたいとは思いましたけど、実際叩いてはいませんよね!?」

驚いて声を上げた青葉に、絢人が前屈《まえかが》みになって、声を上げて笑い出した。青葉はさらに仰天《ぎょうてん》した。絢人が快活《かいかつ》そうに大声で笑うことなんて、滅多《めった》になかったのだ。

「そういう気分になった、ってこと。それまで周りからお坊ちゃんお坊ちゃんと大事にされて傅《かしず》かれて、世の中に自分に対する悪意なんて存在しないと思い込んでいた箱入り息子が、その過《あやま》ちに気づいたんだ」

「いや、悪意ってほどのものでもなかったですけど……」

青葉のささやかな反論を、身を起こした絢人が目許に浮かべた笑いだけで封じた。

「そこで初めて俺の世界が開けたんだ。それまでも、変だな、と思うことはそれなりにあった。人から受ける些細《ささい》な嘲笑《ちょうしょう》とか、哀れみとか、嫌悪《けんお》とか、そういう感情があるなんて気づかなかった。気づけないから、なぜ相手がそんな目で自分を見るのか、そんなことを言うのか、理解できなくて困惑していた。本当に馬鹿で愚《おろ》かだったなあと、しみじみ思うよ」

絢人がソファの背に凭れ直してから、青葉の方を見てまた笑った。

「狭くて小さな世界をこじ開けたのが、利発《りはつ》そうで綺麗な子だったっていうのに、運命を感じても不思議じゃないだろ?」

「絢人さん、鏡見たことあります?」

あるとすれば、毎日度を超して綺麗なものを見過ぎて、審美眼《しんびがん》がどうかしてしまったとしか思えない。

「青葉は綺麗だよ。勿論《もちろん》、俺が青葉を好きなのは、見た目だけじゃなくて中身もだけど」

「でも今の絢人さんの話を聞く限り、俺はろくな役回りじゃなかったですよね?」

「青葉に出逢わなかったら、と思うとぞっとする」

青葉から、空《から》になったティカップへと視線を移して、絢人が呟くように言った。

「あの時気づけてよかったんだ。色々なことに。気づかなければよかったと思うこともあるけど、気づかずに居続けることを考える方が辛い。何でも思い通りになると思い込んで、その力と金がある男なんて、最悪じゃないか」

「……あの、言わせてもらうと、俺から見て絢人さん、未《いま》だにそういう根性でいるようにしか見えないんですけど……」

絢人はあたかも自分がまっとうで尋常な人間に成長できたとでも言いたげな口振りでいるが、青葉にとってみればマイルドな暴君だ。青葉はやっぱり絢人に振り回され続けてきて、今もそうだとしか思えない。

かなり咎《とが》めるニュアンスで言ってみたのに、絢人は悪怯《わるび》れもせず、にっこりと笑った。

「自覚があってそうするのと、自覚がなくてそうするのじゃ、雲泥《うんでい》の差だろ？」

「なおタチが悪くなったってことじゃないですか」

いつの間にか自分の腰に回っていた絢人の腕の存在に気付き、青葉は毒突きながらそれを押《お》し退《の》けた。

「俺はどうしても青葉が欲しいと思うよ」

青葉の抵抗など気にも留めずに、絢人は言ってのける。

「……百歩譲《ゆず》って、友達付き合いとか、ご近所付き合いくらいなら、構いませんけど」

風変わりで住む世界が違うけれど友人、という位置付けでなら、絢人を受け入れられるかもしれない。

子供の頃に自分が絢人に与えた影響について、初めて知ったが、今までずっと考え続けてきた『なぜ絢人が自分に執着するのか』という答えがわかってよかったと思うし、そういうことなら多少は態度を軟化《なんか》させてもいいんじゃないだろうかと思えてもくる。

「他の大勢の中の一人になれって？　俺に？」

ここまではっきりと笑顔なのに目だけ笑っていない、という絢人を久々に見た。前に見たのは、高校時代、他の生徒たちが青葉を侮《あなど》っていると知った時だ。

どうやら怒っているらしい。

「というか、今の時点で青葉にとって一番親しい人間も、青葉を一番知っている人間も、俺だけだと思うんだけどな」

「……」

青葉は否定も肯定もできずにただ口を噤《つぐ》んだ。

認めたくはないがそのとおりなのだ。青葉には学生時代に『それなり』とつけたとしても仲のよかった友達などおらず、会社では入社してまだ半月程度とはいえ馴染《なじ》んでいる感じもしないし、アパートの小上《こがみ》さん母子や松岡《まつおか》老人とは結構仲よくやっていると思うが、それでも『今の時点で』と注釈するなら、たしかにもっとも近しい相手は、絢人だ。

「……絢人さんが、俺の何を知ってるって言うんです」

でもやっぱり素直に認めるのは癪《しゃく》だった。意地を張るように、やっと言い返す。

「青葉の秘密」

そして予想外の答えが返ってきて、青葉は相手を見返した。

「え？」

「青葉がこの世で誰より俺に知られたくないであろう、青葉の秘密」

「……何ですか、それ」

「言ってもいいのか？」

どうせはったりだ。言えばいいじゃないですか、と吐き捨てようとしてから、青葉はふとひとつの可能性について思い至った。

青葉自身が忘れようと必死だった、ひとつの疑念。

疑いながらも怖くて確かめられずにいた、伊集家を出る決心をさせた理由。

（まさか）

焦燥《しょうそう》が湧《わ》き上《あ》がる。冷や汗をかく思いだった。

（あれを、知られているんじゃ）

蒼白になる青葉を、絢人はどこかおもしろそうな表情になって眺めている。

「青葉が嫌なら、黙っておくよ」

「な……何のことだかわからないし、聞きたくないです」

いつもどおりに冷たく言い放とうとした青葉の声音は、自分で聞いても充分動揺していた。

それに気づかないふりで、青葉はソファから立ち上がる。

「明日も仕事だし、帰ります」

そう宣言したところで、てっきり何だかんだと引き留めるだろうと身構えていたのに、絢人は笑って頷いただけだった。

「うん。おやすみ、青葉。紅茶と掃除をありがとう」

その笑顔が少し翳《かげ》っているというか、やはりどことなく疲れているように見える。風邪でも引いたのか。どっちにしろ青葉にはさっさと退散するしかない。

「また部屋に来てくれると嬉しいな」

「おやすみなさい！」

しかししっかりと続いた言葉に挨拶だけ返し、青葉は足早に絢人の部屋を出た。

掃除道具だの、牛乳だのを忘れてきてしまったことに気づいたのは、自分の部屋に戻ってからで、今さら取りに戻るのも気まずくて、青葉はそのまま風呂に入ってさっさと寝ることにした。

5

それから青葉《あおば》は断じて隣室に足を踏み入れまいと誓《ちか》い、絢人《あやと》と顔を合わせないようこれまで以上に細心《さいしん》の注意を払った。

絢人が口にした『青葉の秘密』というものが気になって仕方がなかったが、それを確認する度胸《どきょう》がない。

(もし、あれが、そうだとしたら……絢人さんはいつから知ってたんだ?)

絢人は相変わらず朝早くアパートを出ていき、夜遅くに帰ってくる。青葉の生活ペースとはずれているので、絢人と直接会わないようにするために、それほど苦労はなかった。

けれども隣室の生活音はやけに耳につき、いちいち気に障《さわ》ったので、この間会った時にきちんと注意すべきだったと青葉は悔《く》やんだ。

「あら、そう?　うちはあんまり気にならないけど」

仕事帰りにアパートの前で行き合った小上《こがみ》さんには、そんなことを言われてしまった。

「そりゃあ、小上さんのところは、二軒隣だし」

「お隣の室田《むろた》さんも、そう言ってたわよ。というか、あんまりうるさいんで、一回旦那さんが壁を殴りつけたんですって。そうしたら、うるさかったことに気づいたんでしょうね、それなりに遠慮するようになったみたいって」

「そう……ですか……？」

青葉は首を捻《ひね》った。

（でも、言われてみれば、真夜中に大きな音で音楽を掛けたり、足音を立てたり、ソファやベッドに遠慮なく身を投げ出したりする音は聞こえない……ような気がする？）

だったらなぜ、青葉には絢人の立てる音が気になるのだろう。

腑《ふ》に落ちない気分で、小上さんと挨拶《あいさつ》をして別れ、自分の部屋に戻る。

日が落ちたばかりの頃だから、絢人はまだ帰宅していないはずだ。

だが、それなのに、青葉は絢人の部屋の方が気になって仕方がない。真横に誰かが立った時みたいに、びりびりと、その存在感が肌に伝わる錯覚《さっかく》すらしてきて、困惑した。

（気にしすぎだ）

意識の端に絢人の存在があるせいだ。よし忘れよう、掃除だ、と青葉は夕食を取るのもそこそこに押し入れの中から掃除用具を取りだした。隣室に置きっ放しにしてきた道具は、勿体《もったい》ないが、涙を呑《の》んで買い換えた。最近は百円均一でもそこそこの道具が揃《そろ》えられるのでありがたい。浪費は嫌だが、絢人のところに取りに戻るよりはましだった。

それで一生懸命掃除していると、どれくらい時間が経《た》った時か、ドアチャイムが鳴った。驚いて壁の時計を見る。元々綺麗な床や台所を無闇に、無意味に磨《みが》き上《あ》げたせいで、何だかんだと九時を回っていた。ご近所のどなたかだろうか、それにしては遅い時間だな、と思いながら、青葉は玄関に向かった。

（……絢人さんじゃないよな？）

熱心に掃除してはいたが、どうしても意識は部屋の外に向いていた。絢人の部屋で物音がしたり、リムジンが近づく音がすればわかったはずだ。

「はい、どなたですか」

警戒しつつ、ドアは開けずに声をかける。

「武緒《たけお》です」

「――は？」

何か、予想外の言葉を聞いた気がする。

「武緒です」

聞き間違いか、と思って問い返したが、もう一度聞こえたのは紛《まぎ》れもなく聞き覚えのある声と名前。

「お……奥様!?」

仰天《ぎょうてん》して、青葉はドアチェーンと鍵を外し、玄関のドアを開けた。

「ごきげんよう、青葉」

そこに立っていたのは、まさしく、伊集《いしゅう》家現当主の妻――絢人の実母である武緒だった。

小柄で気むずかしそうな雰囲気をしているものの相当な美人で、五十路《いそじ》手前だがずいぶんと若く見える。早くに結婚して青葉を産んだ香純《かすみ》よりも年下に見えるほどだ。

武緒は伊集邸にいる時と同じく着物を身につけているが、訪問着ではなく、明るい色合いの更紗小紋《さらさこもん》だった。西陣《にしじん》の袋帯《ふくろおび》に正絹《しょうけん》の帯揚《おびあ》げを合わせて粋《いき》な様子に仕上げているところが着道楽《きどうらく》の武緒らしいが、屋敷の中、自分の離れの中ならともかく、外に出るのに小紋《こもん》で来ることが、青葉にとってはまず異常だった。

「ええと……他の方は？」

だがこんな時間にこんな場所に突然現れたのなら、理由はひとつ、絢人に会いに来たのだろう。屋敷から車で来たのだろうし、息子に会いに来るのに形式張った格好になる必要もない。

「他の人なんていないわ。ああ疲れた、上がりますよ」

武緒がそう言うので、青葉はついうしろに下がって、三和土《たたき》に入り込む彼女の様子を見守ってしまった。

「いないって、まさか、お一人でいらっしゃったんですか？」

「そうよ。この住所はずいぶんわかりづらいのね、運転手が迷ってしまって、同じ道をぐるぐる回るんですもの。いらいらしたわ」

草履《ぞうり》を脱ぐために身を屈《かが》めながらあたりまえのように差し出してくる武緒の手を取り、青葉はただただ困惑した。

「車は停められましたか？　この辺りだとコインパーキングが少し遠かったと思うんですけど」

アパートの駐車場にリムジンの停められるような場所はない。絢人のように乗り降りのために数分停車している分には問題ないだろうが、長々とあんなに大きな車が居座ったのでは、ご近所迷惑だ。

「タクシーだもの。もう行ってしまいましたよ」

「タ……タクシー!?　奥様が、お一人で、タクシーでいらっしゃったってことですか!?」

「そうよ。声が大きいわ、青葉。品のない」

大声を上げたくなるほど驚かせた原因が自分であることになどまるで頓着《とんちゃく》せず、武緒はさっさと部屋の奥に進み、床に腰を下ろした。

「お茶をいただける？　本当、疲れちゃって。やっぱり民間の車なんて駄目ね、乗り心地が悪いったら」

伊集家からここまですべてタクシーで来たというのなら、相当な時間乗り続けたということだ。疲れもするだろう。青葉はまだ混乱しながらも、武緒のために緑茶を支度した。

「あの、絢人さんなら、もっと遅くにならないと戻ってこないと思いますよ」

「絢人？　あの子が、どうかしたの？」

おそらく先に絢人の部屋に向かって、不在のために自分の部屋に来たのだろう。

そう思って青葉が告げると、武緒は怪訝《けげん》そうに眉を顰《ひそ》めて、キッチンに立つ青葉を見遣った。

「どうかしたのって、絢人さんに会いに来られたんでしょう?」

「あの子に用事なんてありませんよ。青葉に会いに来たんだから」

「俺にって……そんなもの、母に頼んでくだされればよかったのに」

青葉に用があるというのなら、香純に言付《ことづ》ければよかったのだ。そう考えるにつけ、青葉はどんどん嫌な予感がしていった。電話で済ませることもなく、香純を代わりに寄越すでもなく、武緒自《みず》らが、しかも供の者も連れず、タクシーでこんなところまで来るなんて。

きっと、ろくな『用事』じゃない。

「……奥様がここにいらっしゃること、旦那様はご存じですか?」

お茶の入った湯呑みを卓袱台《ちゃぶだい》の上に置きながら、青葉はおそるおそると訊《たず》ねた。

「さあ。どうかしらね、言ったところであの人は興味もないでしょう。言ってませんけど」

ほら来た、と青葉は天を仰《あお》ぎたくなった。

「まさかとは思いますが、奥様、おうちを……」

「お暇《ひま》をいただいてきました」

伊集家と自分はもう関係がない。

とはいえ十年以上も同じ敷地内で暮らした相手だ。武緒は青葉を気に入っていて、青葉も人嫌いで少し風変わりなこの奥様が好きだったし、呼ばれれば嫌がらず彼女の生活する離れに駆けつけ、力仕事をしたり、立ててくれたお茶を飲んだり、高級な菓子をわけてもらったりした。

その彼女が夫を捨て家を捨て出奔《しゅっぽん》したのだと言い出して、動揺せずにいられるわけがない。

「でも、行くところがないのよ。住む場所が決まるまで、ここに置いていただけるかしら。それと、住むところを探すにはどうすればいいのか、教えていただきたいの」

そう言うと、武緒は青葉の淹《い》れたお茶を上品な仕種で啜《すす》った。

「あの……失礼ですけど、理由を聞かせていただけませんか」

離婚騒動が持ち上がるばかりならともかく、武緒がいきなり家を出るなど、尋常な事態ではない。武緒と仗次《じょうじ》は、表向きは仲睦《なかむつ》まじい鴛鴦《おしどり》夫婦などと言われていたが、実情はそこからかけ離れていることを、伊集家にいる者は誰でも知っている。公《おおやけ》の場に出る時は二人寄り添うように、放埒《ほうらつ》な夫とそれを支える妻という役割をそつなく演じてきた。だが家にいる時、武緒は大抵離れに引っ込み、行事のある時か、客が来る時しか仗次のそばには近寄らない。仗次の身の回りの世話は使用人がやるので、それで問題はなかった。青葉が伊集家に来た頃には、すでに武緒は自分の趣味にしか興味のない人になっていた。

（もともと政略的な結婚だった、とは聞いてるけど……）

武緒は仗次の遠縁で、彼女の実家も相当な家柄なのだと聞く。浮き世離れしたふうなのはお嬢様育ちのせいだ。伊集家の使用人たちがあまり主人の噂話をするような性格ではなかったので、青葉が知っているのはそこまでだ。奥様には可哀想なことをされたなあ、と、昔庭師の山《やま》倉《くら》が白雪《しらゆき》の手入れをしながら独り言のように呟いたのを聞いたくらいで。

「子供がいたのよ」

お茶を飲む間黙り込んでいた武緒が、根気《こんき》よく待つ青葉に、ようやく言った。

「主人にね。だから、離婚しようと思うの」

要するに、外に作った女性に、子供ができたということか。

（そりゃあ……まあ、怒って家出もするだろうなあ……）

仗次はとにかく派手好みで、思いつきをすぐに試さずにはいられない、少し子供っぽいところのある人だ。独断専行《どくだんせんこう》のきらいはあるが、性格が開け広げで素直だから嫌味がなく、人に好かれやすい。仗次自身も人好き社交好きで、女好きだ。堅実《けんじつ》に妻一筋というイメージはまるでないから、仗次に愛人がいると知っても、青葉も「まあ、いるかもなあ」という感想だった。

「本当に、疲れちゃった」

いつもはきちんと整えている武緒の髪が少しほつれていて、それが疲労を感じさせた。夫の裏切りに遭《あ》い消沈《しょうちん》しているのだろう。青葉は武緒がひどく気の毒になった。

「お食事はなさいましたか？　俺もまだだから、よかったら、奥様の分も支度しますよ」

「あら、嬉しい。でも、あんまり食欲がないのよ」

「食べやすいものにしますよ。ありあわせだから、奥様の口に合わないかもしれませんけど」

食欲がないという武緒のために、青葉はいそいで食事を作った。酒蒸《さかむ》しにした塩鮭《しおじゃけ》とその汁を使った雑炊《ぞうすい》。松岡《まつおか》家から分けてもらったネギと三つ葉を散らして出すと、武緒はそれを時間をかけて綺麗に平らげた。

「ねえ、お風呂に入りたいんだけど」

食べ終えたあとはそう言い出す気がしてユニットバスに湯を張ってはおいたが、武緒がハンドバッグしか手にしていなかったことが青葉の気懸《きが》かりだ。

「沸《わ》かしてありますから、どうぞ——あの、着替えは」

「ないわ。カードしか持って来なかったもの」

勿論《もちろん》青葉の部屋に女性用の着替えがあるわけもない。仕方なく、武緒が風呂場に入った間に、青葉は小上さん宅を訪ねて事情を話し、下着や寝間着《ねまき》を用意してもらった。ありがたく借り受けたそれらを風呂場の前に置いてから、ふたたび部屋を出る。母親よりも年上だとはいえ、女性が入浴している音を聞いたりするのはどうも気まずい。

外に出た隙に青葉は急いで携帯電話を開いた。香純の番号にかけると、すぐに相手が出る。

『そう、やっぱり、青葉のところにいるのね』

武緒が部屋にいると告げると、電話の向こうで安堵《あんど》するような香純の声が答えた。

『出かける前にわざわざ青葉の住所を聞いていったから、そうだとは思ってたけど。ご無事？』

「大丈夫だけど、さすがにうちに置いておくのも無茶だし、迎えに来てもらえませんか」

『迎えに……は、ちょっと難しいわ。多分奥様が戻りたくないと思うの』

香純の声は辺りを憚《はばか》るように潜められている。屋敷では大騒ぎになっているのだろうか。

「そうだろうけど、旦那様ならまだしも、女性の奥様が相手だと、俺じゃお世話が難しいよ」

『旦那様のお子様が、今、お屋敷にいらっしゃるのよ』

「え――」

愛人の子の存在が発覚したのみならず、その子供が直接伊集家に乗り込んできたということか。さすがにそれは武緒も怒るだろうし、屋敷に戻りたくないと思うだろう。

『まだ小学校高学年くらいの男の子でね。昨日の夜に、何の連絡もなしにやってきたんだけど、少し、何というかやんちゃで、手がつけられなくて……奥様は、その子のお世話をするようにって、私にお命じになったから、動けないのよ』

「男の子なら、榎戸《えのきど》さんが面倒見ればいいじゃないですか。それに真由子《まゆこ》さんとか、愛里《あいり》さんもいるし」

『榎戸さんは、今お屋敷にいないのよ。実家のお兄さまが亡くなられて』

悪いタイミングが重なってしまったらしい。

『真由子さんもその子の相手で手一杯だし、愛里さんが迎えに行くのは奥様もお嫌だと思うわ』

「嫌って、何で?」

『何でって、そりゃあ……』

驚いたように言ってから、香純が小さく溜息をついた。

『愛里さんも、旦那様と』

言い辛《づら》そうにしぼんだ母親の声が青葉にはうまく聞き取れず、問い返そうと口を開いてから、やっと思い当たった。香純の他に二人いる住み込みの使用人のうちの一人にも、仗次の手がついていたということなのだろう。

（ぜ……全然気づかなかった……）

青葉はひどいショックを受けた。真由子と愛里は数年前伊集家に入った、香純よりは若い女性で、愛里の方は特に図抜《ずぬ》けた美人だから、旦那様は面食《めんく》いだなあとぼんやり思っていたが、自分の暮らす家の中でそんなことが起こっていたなんて、つゆほども気づかなかった。

武緒は気づいていたのかもしれない。家を出てきたのは、隠し子が発覚しただけではなく、きっと今までに積もり積もったものがあったせいだ。

『こっちが落ち着いたら、私が必ず行くから。それまで奥様をお願いできる？』

「食事出したりするくらいはできるけど……でも、そういうことなら、絢人さんに頼むよ。奥様だって、実の息子の方が気兼ねがないだろうし」

『いえ、青葉がしてちょうだい』

なぜか、香純は頑《かたく》なにそう言い張った。

「え、何で」

『いいから。でも、状況は絢人さんに知らせないわけにもいかないし、青葉から話しておいてね』

よくわからなかったが、香純がそう言うならと請け合って、青葉はひとまず電話を切った。

風呂場のガスはまだ使われている気配がする。それで電話をポケットにしまった青葉がドアの前に所在なく立っていたら、車の音が近づいた。見遣れば、あの馬鹿みたいに長くて大きい黒塗《くろぬ》りの車が、ゆっくりとアパートの前を通り過ぎるところだった。アパートの駐車場前で人が下り、車が走り去っていく。青葉の方へやってきたのは、絢人だった。

「青葉。俺を出迎えるために待っていてくれたのか」

絢人はすぐに外灯の下にいる青葉をみつけて、顔を綻《ほころ》ばせた。

「いや、まあ、待っていたといえばそうですけど」

絢人は軽口のつもりだったのだろう、頷いた青葉に、微《かす》かに目を瞠《みは》っていた。それからすぐに嬉しそうに笑うので、なぜか微妙に青葉の胸が痛む。

「用事があるんです」

青葉は武緒が自分の部屋にいて、今は風呂に入っていることを伝えた。黙って家を出てきたようだが香純とは連絡がついたことまでを伝える。

「なるほど。母さんが家を出たってことは、愛人でも乗り込んで騒がしくなったのかな」

絢人の方は、母親が家出したというのに微塵《みじん》も動揺を見せず、冷静にそんな予想を口にした。

どうやら自分の父親に、母以外の女性がいることは、彼も気づいていたようだ。

「女性ではなく……その」

だが愛人の存在までならともかく、さすがに父親の浮気の証拠たる腹違いの兄弟が現れたとなればショックだろう。そう慮《おもんぱか》って青葉は口を濁《にご》すものの、絢人の方はあっさりと頷いた。

「ああ、子供が来たのか」

「え――絢人さん、ご存じだったんですか!?」

少し大きな声を上げてしまった青葉に、絢人が「しー」と口許に指を宛《あ》てている。まさか絢人に騒音を注意されるとは思わなかったが、青葉は慌てて口を押さえた。

「ちょっと、うちに入ろう」

誘われて、青葉は最近避けまくっていた絢人の部屋に、流れ上足を踏み入れた。立ち話で語るような内容ではない。

絢人の部屋はまた散らかり始めていた。動揺が続いていた青葉は、体が勝手に動いて、辺りを片づけ始めてしまう。

「それで、伊集家《うち》に来たのはどういう?」

「……母から聞いたところ、来たのは、小学生くらいの男の子だそうです」

「とすると、汐留《しおどめ》の人かな。結構前に切れたと思ったけど……切れたから、今頃か」

絢人は父親の愛人について、存在を勘付いているという以上に、情報を把握《はあく》しているらしい。

予想外のことに、青葉は呆気《あっけ》に取られた。変な家だとは思っていたが、本当に変だ。

動揺すればするほど掃除の手がてきぱきと効率よくなる青葉にそれ以上訊ねることなく、絢人はどこかに電話をかけ始めた。

「――なるほど。そうか、わかった」

短くいくつかやり取りをして、すぐにその電話を切ると、絢人は着ていたスーツの上着を脱いだ。青葉はほぼ無意識に手を伸ばして、絢人からその上着を受け取る。

「都《みやこ》、というホステスがいてね。十年くらい前にきちんと切れたはずなんだけど、そのあと結婚した男性と別れて、しばらく母一人子一人でやってきたらしい。その都さんが、また新しい男性との結婚話が持ち上がっているんだけど、その男性が多重債務者《たじゅうさいむしゃ》のようだ」

要するに、金目当てで、自分の息子を伊集家に送り込んだということか。

それを絢人は誰かに調べさせてあったらしい。

「父の歴代の愛人の中でも、かなり賢《かしこ》いし控《ひか》え目な方で、子供は父の種じゃないと言い張って、養育費も受け取らなかったんだ。たびたび援助を申し入れたけど、頑《がん》として受け取らなかったのに、十年経つと人は変わるものなのかな……」

「……って、絢人さん、それ全部ご存じだったんですか……？」

「知ってたよ。十年前からね」

十年前といえば、絢人もまだ小学生か、せいぜい中学生という頃だ。

「父の下半身がだらしないのは知っていたし、醜聞《しゅうぶん》になっても困るから、きちんと把握しておくよう母に言われたんだ。母はもう、自分がそうするのにうんざりしてたみたいだし」

「奥様……が……」

何もかも青葉の予測というか、常識を超える話だ。父親の愛人を母親が管理するとか、それを息子が引き継ぐとか。しかも絢人の口振りからして、愛人はその女性一人ではないらしい。

（全然気づかなかった……）

だが香純の反応を思い返せば、もしかすると、すべて伊集家の中では暗黙の了解だったのかもしれない。気づかなかった青葉の方がおかしいレベルで。

「さて、どうするかな。父はこういう時の対処がさっぱりだから、今頃逃げ回ってるだろうし」

苦笑いとはいえ、笑いを浮かべて言った絢人にも、青葉は愕然《がくぜん》とする。

「もしかして……こういうの、初めてじゃないんですか？」

「兄弟が乗り込んでくるのは初めてだな。女性が会社を訪ねてきたり、母にアポを取ろうとしたことはあるけど。そういう方の関係者は家に上げないようにしていたが、十歳の男の子じゃ、無下に追い返せなかったんだろう。香純さんたちには迷惑かけてるだろうな」

最後はさすがに申し訳なさそうな調子で絢人が言った。

一体どうなるのかと、青葉は部外者ながらにはらはらした。いや、武緒が部屋に来ているのだから、すでに巻き込まれている。かといって絢人にああしろこうしろと言えるものでもなく、思案げに考え込む相手を見守ることしかできない。

しんとした部屋の中で、壁の向こうから、武緒の声が聞こえた。

「青葉？　青葉、どこ？」

どうやら風呂から上がったらしい。絢人が部屋を出て隣室に向かうので、青葉もそれに続く。

「お母さん」

青葉の部屋の中で、湯上がりパジャマ姿の武緒は、青葉を探して歩き回っていたようだ。

絢人が呼び掛けると、怪訝《けげん》そうな顔で目を細めている。

「絢人？　どうしてあなたが、ここにいるの？」

武緒は心から不思議そうで、青葉はさっきの彼女の言葉を思い出した。

『絢人？　あの子が、どうかしたの？』

そう訊ねる武緒も、訝しそうだった。武緒はまさか、自分の息子が今どこに住んでいるのか知らなかったのか。それに気づいて青葉はまた愕然とした。

「隣が俺の家だからです」

コツコツと、絢人が自分の部屋がある方の壁を拳《こぶし》で叩いてみせる。

「いつの間に……」

武緒は不満そうだ。本当に絢人が家を出たことに気づかなかったらしい。絢人が苦笑した。

「一応、お話はしたと思うんですけどね」

「狡《ずる》いわ。青葉はひとり立ちをするって言って出ていったのに、面倒を見させているのね」

「俺の面倒なんて見てくれませんよ、青葉は」

武緒の口振りが、青葉が絢人のそばにいることではなく、絢人が青葉のそばにいることに対して『狡い』と言っているように聞こえて、青葉は首を捻《ひね》った。

「伊集家とはもう何の関わりもないんです。だからあなたは青葉の部屋に上がり込んだりしないで、家にお帰りください」

「嫌よ」

息子の説得に耳を貸さず、武緒は少し子供っぽい仕種でそっぽを向いた。

「もうたくさんなの、あの家も、あの人も。今まで我慢してきたんだし充分だわ、あなたはもう一人前なんだし、私が伊集家にいる理由もありません」

「その辺りの話し合いはお父さんとしてください。夫婦の問題なんですから」

絢人の口調も言葉もどこか冷たい気がして、青葉はまた驚いた。家庭の問題なのだから、自分までこの場にいることもなかったのにと気づいた時には手遅れだった。

「本気で別れる気なら弁護士を用意しますよ。外面《そとづら》のいいお父さんが簡単に頷くとも思えないので泥沼《どろぬま》になるでしょうけど、それでも今までどおり伊集家の中で好き勝手やるより、外に行きたいっていうのなら、それなりの手続きをしてください。ただ駄々《だだ》だけ捏《こ》ねられて世間の物笑いの種になっても困ります」

「ちょ……ちょっと待ってください、絢人さん」

余所《よそ》様の家庭問題に口を挟むべきではない。重々承知してたが、青葉は黙っていられず、二人の間に割って入った。

「それじゃまるで、奥様に旦那様と離婚するように取りはからっているように聞こえてしまうんですけど」

「そのように取りはからっているんだよ。離婚したいならすればいい。ああ、一応は跡継ぎを産んだ人だ、身ひとつで放り出すような真似は父もしないだろうし、俺もさせないよ。大丈夫」

「大丈夫って、そうじゃなくて、絢人さんはそれでいいんですか？　奥様も……」

絢人も武緒の方から目を背《そむ》けて、二人は視線を合わせようともしていない。そういえばこの二人が同じ場所にいるところを見るのが久々であるということに、青葉は気づいた。絢人とその両親が家族揃って食事をするのは、他に客がいる時しかなかった気がする。

あまり交流のない家族だとは思っていたが、青葉が認識していた以上に、二人の間に流れている空気が冷え切っていて驚く。

「言ったろう、夫婦の問題だって。それにこの人は妻であり母親である前に一人の人間だ。尊重されるべきは個人の意志だよ」

絢人は正論を言っているし、間違っていないとは思うのだが、青葉は何だかもやもやした。

「そう、いい大人なのに突然他人の部屋を訪れるのは、どうかとも思いますよ。今晩はもうお疲れでしょうから、一晩俺の部屋に泊まってください。明日、送って行くので家に戻りましょう。きちんと父と話をしてください」

「帰りません。あなたの世話にもなりません。青葉がいろいろやってくれるのでご心配なく」

「青葉はもう伊集家とは関わりのない人なんですよ」

強情を張る様子の母親に、絢人が言い聞かせるように言う。

「伊集家に勤めてくれているのは、あくまで香純さんです。青葉を巻き込まないでください。どうしても俺の世話になりたくないというのなら、車を呼ぶので、今からでも帰しますよ」

「嫌です」

「お母さん――」

「あの、俺は、構いませんから」

どんどん険悪《けんあく》になる二人をみかねて、青葉はたまらず、口を挟んだ。

絢人が眉を顰《ひそ》め、武緒が味方を得て微かに嬉しそうな顔で、青葉を振り返る。

「母とは違うので充分なお世話はできませんし、こんな荒《あば》ら屋《や》で申し訳ないですけど、泊まっていってください」

「青葉」

咎《とが》めるように名前を呼ぶ絢人を、青葉の方も非難がましく見遣った。

「こんな時間に追い出すなんて、絢人さんは、冷たすぎますよ」

言った青葉に、絢人が珍しく皮肉げな表情で笑った。

「まさか青葉に、冷たいなんて言われるとはね」

「そりゃ絢人さんに非はないことはわかってますけど、奥様だって大変な思いをされてるんですよ。話し合いが必要だとしても、落ち着かれてからの方がいいと思います。家を出てくるなんて、相当なことなんだから」

「青葉が口を挟むことじゃない。無関係のおまえを巻き込むのが申し訳ないと思うからこそだ」

絢人が『無関係』だとか、『伊集家とは関わりがない』とか言うたび、青葉は妙に背中の産《うぶ》毛《げ》が逆立《さかだ》つような、ぴりぴりした感じを味わった。

それはいつも青葉こそが絢人に向けて言っている言葉なのに、絢人から言われてむっとするなんて、我ながら勝手だと思いはするものの。

「母が来ると言ってますし、それまでは俺が責任持って奥様のお世話をします」

頑《かたく》なに言い張る青葉をしばらく渋い顔で見てから、絢人が根負《こんま》けしたように溜息をついた。

「わかった。ならこうしよう、お母さんはこのまま青葉の部屋で寝てください。青葉は俺の部屋で寝なさい」

「私は青葉と一緒で構わないわよ」

「構いますよ。お母さんだって青葉だって、朝起きれば身支度もあるでしょう」

よくよく気をつけて見れば、武緒は風呂上がりだというのにきちんと髪をまとめ、薄化粧を施《ほどこ》している。

「青葉も、この人の前で着替えをしたり歯磨《はみが》きしたりなんて、嫌だろう？」

「……それは……まあ、見苦しいと思うので」

武緒の方も青葉と同じらしく、それ以上は絢人に反論しなかった。

「その代わり、青葉にはくれぐれも迷惑を掛けないでください。青葉も、何かあれば俺に必ず言うように。いいね」

厳しく告げられ、青葉は迫力に飲まれて小さく頷いた。武緒もやはり言い返そうとする気配はない。

夜も更《ふ》けてきたので、青葉は武緒に部屋の使い方を細々《こまごま》教えてから、着替えなどを抱え、絢人と共に部屋を出た。

（……っていうか、絢人さんの部屋に泊まる、って）

また何か変なことをするつもりじゃないだろうな——ということは、機嫌がいいとはいえない絢人の横顔を見上げれば、言えなかった。絢人は青葉を顧《かえり》みないまま自分の部屋に戻り、青葉もそれについていく。

絢人がソファに身を投げ出すようにして座り、青葉はどこか居心地の悪い気分で、玄関のそばで佇《たたず》んだ。

「そんなところに突っ立ってないで」

立ちっぱなしの青葉を見て掛けられた絢人の声は、どこか素っ気《そけ》ない。

「——お茶、淹れますね」

何となくその隣に座る気が起きなくて、青葉はキッチンへと向かった。絢人の返事を待たずにお湯を沸かす。絢人は疲れているようだったが、何となく今はミルクティではなく、癖の強い味の方がいい気がして、そういう茶葉を選んで淹れた。

「青葉は、ひどいな」

ポットに沸いたお湯を注《そそ》いでいたら、背後から呟くような声が聞こえて、青葉は絢人の方を振り返った。

「え？」

「俺には伊集家とはもう関わり合いがないって言っておきながら、母さんには味方するんだ」

絢人は苦笑とはいえ笑みを浮かべている。さっきまでの冷たさが少し薄れたようで、青葉は内心ほっとした。

「だって、普通のことじゃありませんし……傷ついて家を出てきた人に、冷たくするなんて」

「あの人は傷ついているわけじゃないよ。怒り狂ってはいるだろうけど」

「そんな。そりゃあ奥様はあまり喜怒哀楽を表に出さない方ですけど、長年連れ添った人に裏切られたら傷つかないはずが」

「傷つくのは、愛情があって、裏切られたと思うからだろ。あの人は最初から父に興味がない」

はっきりと断言した絢人に、青葉は驚く。絢人はそんな青葉を見返して、小さく笑った。こういう話の時にするような表情ではないと青葉は思った。

「元々家の都合で結婚したんだ。母には地元で将来を誓った相手がいたが、親に逆らえず父と結婚して、直後に恋人だった男が死んだ。病死だったけど、母は父のせいで彼と別れなければならず、父のせいで彼が死んだと思っている」

奥様には可哀想なことをされたなあ——そう呟いた山倉の声が、青葉の頭の中で蘇《よみがえ》った。

「俺を産んだのは義務を果たすため。母は最初から育児を放棄して、俺は他の人に育てられた。母は体が弱いから長い間俺といられない、それを悲しいと思ってる、なんて、周りの言葉を疑いもせずに」

青葉は相槌《あいづち》の打ちようもなく、淹れた紅茶を絢人の前に置いた。絢人が仕種で自分の隣を示すので、何となく逆らえず、青葉も自分の分のティカップを手に、そこに腰を下ろす。

「薄々、母が俺を見る目が愛する男の子供、血の繋がった実の息子を見る目じゃないなとは思ってた。でも気づかないふりをして、周りから大事に傅《かしず》かれる賢くて愛らしい絢人お坊ちゃんとして過ごしてたよ。その頃から父に何人も愛人がいることにも、まるで気づかなかったし」

「……」

絢人の話に、青葉は引っかかりを覚える。どこかで聞いた言い回しな気がしたのだ。

「さぞかし可哀想で、滑稽《こっけい》なことだったと思う。だから母の偽《いつわ》りに、父の虚飾《きょしょく》に気づけたのは、俺にとっては本当にありがたいことだった」

　思い出した。

『そこで初めて俺の世界が開けたんだ』

　この間、青葉と出会った時のことを語った絢人の言葉だ。

『それまでも、変だな、と思うことはそれなりにあった。人から受ける些細《ささい》な嘲笑《ちょうしょう》とか、哀れみとか、嫌悪《けんお》とか、そういう感情があるなんて気づかなかった。気づけないから、なぜ相手がそんな目で自分を見るのか、そんなことを言うのか、理解できなくて困惑していた。本当に馬鹿で愚《おろ》かだったなあと、しみじみ思うよ』

　あの時青葉が不躾《ぶしつけ》な対応をしたから、絢人は自分を取り巻く環境が偽りに彩《いろど》られていると気づいてしまったのか。

（じゃあ……なら、やっぱり、俺はろくな役回りじゃなかったんじゃないか）

　青葉に出会えてよかったと言った絢人の言葉の意味が、あの時とは違ってしまう。

（それで、どうして絢人さんは、俺を好きだなんて言い出せるんだ）

「青葉のおかげで、俺はありもしない愛情を待ち続けるみじめな子供にならずにすんだ。悔しがらず泣き顔を見せず、いつも笑っていられる俺になれた。青葉は俺に強さをくれたんだよ」

「……」

　そう言って実際に笑う絢人を、青葉はなんだかまともに見ることができなくなって、俯《うつむ》いた。

中学生の頃、夜中に自分の元を訪れた時の絢人のことを、不意に思い出す。

あの時の絢人は笑っていなかった。不機嫌そうな——どこか傷ついて悲しがっている様子にも見えた絢人に、青葉はその理由も訊かなかった。面倒だったし、何より、絢人がそうしてほしくないように見えたからだ。

訊けばよかった、と青葉は今頃になって後悔する。多分、訊いた方がよかったのだ。

「——青葉?」

俯く青葉の顔を、絢人が少し身を屈めて、覗き込んでくる気配がする。

「どうしておまえが、泣きそうな顔になってるんだ?」

「……それがいいことなのか、俺にはわからないですよ」

絢人の問いには答えず、青葉はただ思ったことを口にした。

「俺が余計なこと言ったから、絢人さんは悲しい時に悲しいと、奥様や旦那様に愛してほしいと、言えなくなっちゃったんじゃないですか。それが強さかどうか、俺にはわからないです」

「うーん」

絢人が軽い唸《うな》り声を上げる。

「でも俺は、プレッシャーから解放されて、ありがたかったんだけどな」

「プレッシャー?」

「親を尊敬しなくてはならない。親を愛さなくてはならない。そういう常識に従えない自分を後ろめたく思っていた。物心ついた時には両親の仲は冷え切っていたし、父は仕事で家を顧みず、母はそれにも俺にも無関心だ。同じ家に住んでいながら家族を他人のようにしか思えないことで、自分が欠陥品《けっかんひん》なんじゃないかと不安だった。不安を見ないふりするために、ことさら愛されている自分を演じてきた気がする。青葉に会うまでは」

青葉が何を気に病《や》んでいるのか見透かしたように、絢人が笑う。

「青葉を好きになれたから、俺は自分が親を愛せないのは運が悪かっただけって開き直れるようになったんだ。だから、ありがとう、青葉」

低く囁くような声が、耳許近くで聞こえた。

気づいた時には、絢人の手は片方が青葉の肩にかかり、片方で指先を握っている。

キスされる、とわかったのに、青葉は拒むことも逃げることもしないまま、おとなしくされるに任せた。

ゆっくりと唇が重なる。触れ合うだけのキスをする間、青葉はかといって目を閉じてしまう気にもなれず、間近すぎる絢人の顔を見ることもできず、ただゆるく目を伏せたままでいた。

「——青葉？」

抵抗しない青葉を不思議に思ったのか、唇を離した絢人が訊ねてくる。

無反応の理由を訊ねる絢人の呼び掛けは無視して、青葉は絢人にキスされたばかりの唇を開いた。

「……俺の、どこに好きになれる要素があるって言うんですか。百歩譲《ゆず》って、絢人さんにとって何かを思い切ったり……諦める原因になってしまったとしても、男なのに、好きとか、嫁になれとか……」

「それはそれだよ」

「はい？」

「まるで関わりがないわけじゃないんだろうけど。世界をこじ開けてくれた青葉に、俺は興味を持った。それで気づいたんだ。原田《はらだ》青葉っていう子が、ものすごく、自分の好みだってことに」

「……好み？」

「見た目とか、性格とか、声とか、喋り方とか。言葉の選び方とか、俺を見る目とか、他のものを見る目とか。働き者なところ、意地っ張りなところ、たまに見せる『しょうがないな』っていう苦笑いの仕方も。全部において、愛してる」

「……も、元から男が好きだってことですか？」

「その話は何度もしたことがあると思うけど、好きなのは青葉だけだからわからないよ」

絢人が妙なプロポーズをするたびに青葉は反駁《はんばく》した。男同士だ。絢人さんは男が好きなのか。だったら他の男にすればいい。そうあしらおうとする青葉に返ってくる言葉は、決まって「男だから好きになったんじゃなくて、青葉だから好きになったんだよ」。

何て陳腐《ちんぷ》な台詞《せりふ》だろうとその都度《つど》思っていたが、本気だとでもいうのか。

「青葉だって、白雪《しらゆき》を見てうっとりするだろ？　何て綺麗なたてがみだろうとか、何て優しい瞳だろうって、感動するだろ？　それと同じだよ。俺は青葉を見るたびに感動してる。……本当に、愛してるんだ」

もう一度、絢人が青葉の方に身を寄せる。

青葉は咄嗟《とっさ》に、絢人の口許《くちもと》を掌《てのひら》で押さえつけて阻止《そし》した。絢人が軽く目を見開くような仕種で、『何の真似だ』と無言で問うている。

「何だかしんみりしちゃってたんですが我に返りました。やめてください」

「しんみりって、なぜ？」

「これ以上何かしようっていうなら、俺はいっそ外で寝ます」

「そんな。風邪をひく」

「だから、何もしないで下さいって言ってんですよ。俺はもう寝ます。明日も会社ですから」

睨みつける青葉に根負《こんま》けしたように、ずいぶんと芝居がかった調子で、絢人が肩を竦《すく》めた。

「わかったわかった。大丈夫だよ、心配しなくても、寝込みを襲うような卑怯《ひきょう》な真似はしないから」

「……」

青葉が無言で睨み続けると、絢人が笑って、肩にかけていた手を離す。

「さてと、じゃあ俺はソファで寝るから、青葉はベッドにどうぞ」

「え……いや、俺がソファで寝ますよ、絢人さんの方が無駄に縦《たて》に長いんだし」

絢人の紳士的な申し出に対し、青葉は『無駄に』というところをわざと強調して答えた。部屋の主《あるじ》は絢人だし、言ったとおり、絢人ではソファからずいぶん足がはみ出してしまう。

「でも俺は、愛する人をソファでなんて寝かせられないよ。青葉は俺のことが嫌いらしいから、俺が窮屈《きゅうくつ》な思いをしながらソファで一晩過ごすことになったって、気にならないだろう?」

青葉が自分の嫌味なんてそよ風にしか思えないレベルの言い回しで、絢人が言う。

一瞬ぐっと言葉に詰まってから、青葉はやけくそ気味に頷いた。

「そうですね、せいぜい、朝起きて体中バキバキに凝《こ》り固まって、悔やめばいいですよ」

立ち上がって絢人のベッドに向かい、毛布を剝《は》がしてソファで笑っている絢人に投げつける。

「おやすみなさい!」

「おやすみ、青葉。いい夢を」

いい夢なんて見られるか、とブツブツ言いながら、青葉はベッドに潜《もぐ》り込《こ》んだ。頭から羽毛布団の上掛けを被《かぶ》ると、少しして、部屋の電気が消える。

それからしばらくは、絢人がベッドにやって来はしないかと警戒していたが、『寝込みを襲いやしない』という言葉を守るつもりらしく衣擦《きぬず》れの音もしない。

それでいくらかほっとして、布団の中で丸まって目を閉じたが、青葉はなかなか寝つけなかった。絢人のベッドも羽毛布団もどれだけ高級なのか寝心地がよすぎるし——変に絢人の匂いがする気がして、落ち着かない。

しばらく無闇に寝返りを打ってから、何となく背後のソファを振り返ると、絢人はじっと青葉の方を見ていた。鳥目なんだからどうせこっちの姿なんて見えていないだろうに、青葉は慌ててまたソファの方に背を向けて、頭から布団を被った。

しばらくそわそわした気分でいたら、そのうち絢人の方から静かな寝息が聞こえてくる。また振り返ってみると、今度は目を閉じているようだったので、拍子抜《ひょうしぬ》けした。自分ばっかり変に相手を意識しているような気がして、恥ずかしいし腹も立ってくる。

自分も寝てしまおうと思ったものの、だが、頭が冴《さ》えてしまってやっぱり眠れず、青葉は結局絢人のことを考えた。

（……絢人さんは、ずっと、知ってたのか）

絢人が仗次の愛人や子供について把握していたことを思うにつけ、青葉は胃がひりひるする心地になった。

十歳の子供がそれを知っていたなんて。

武緒や仗次について語った絢人の言葉も、青葉の頭の中にこびりついて離れない。

絢人とこんなふうに話したのは、初めてだった。

お互いあまり胸の裡《うち》を話すようなことをしてこなかった。絢人はいつも泰然《たいぜん》と笑っていて、たまに好きだの結婚しようだのくだらない冗談は口にするが、なぜそんなことを言うのかは話さなかった。青葉も訊きたくなかった。だって、『くだらない冗談』だ。まともに取り合う必要はない。そんなことをしてしまったら、まるで真実のように聞こえてしまうかもしれない。

（……そうか。絢人さんも、それなりに動揺してたんだな。多分）

きっと絢人は、自分が両親についてどう思っているかなんて、誰にも話すつもりはなかったのだろう。

『青葉は、ひどいな』

絢人がぽつりと漏らした言葉も、青葉の中で蘇る。絢人ではなく武緒に味方した青葉に、絢人は思ったよりも傷ついたのかもしれない。

両親から、周りから傷つけられないように強くなって、笑っていようと決心したからこそ、絢人は青葉に本音を話さずにいたのだ。でも、仗次の愛人のことや子供のこと、武緒の家出や——青葉が彼女につくようなことを言ったせいで、少しだけ揺らいだ。

武緒に家に帰るよう言った絢人の声が必要以上に冷たかったのも、おそらくそのせいだ。絢人はもっとやんわりと母親を促《うなが》すことができたはずなのに。

（そのせいで、本音が漏れてしまったのか）

いつも笑っている絢人が、青葉には気に食わなかった。嘘っぽくて、絵に描いたような王子様然としているところに腹が立った。

（……俺が、言わせてしまったのか）

絢人が隠しておきたかった心を意図《いと》せず曝《あば》いてしまったような気がして、青葉はなんだか後ろめたかった。

◇◇◇

翌日、会社が終わったあと、青葉はアパートには戻らず伊集家に足を向けた。どうしても様子が気になってしまったのだ。

自分が行ったところで何が変わるわけでもないだろうが、白雪がまた塞《ふさ》ぎ込《こ》んでいるかもしれないからということを自分への言い訳にした。来る前に香純に電話してみたが、立て込んでいるのか繋《つな》がらず、迷ったがそのまま来てしまった。伊集家の正門はアポイントメントなしでは決して通れないはずだが、警備の人間は全員青葉をよく知っているからフリーパスだ。全然伊集家と縁なんて切れてないよなあ、と自分の中途半端さに青葉はひっそり溜息をつく。

「おお、青葉、来たのか」

とりあえず香純を探そうと母屋《おもや》に向かう途中、庭師の山倉に声をかけられた。青葉は挨拶を返しながら、好々爺《こうこうや》を絵に描いたようにいつもにこにこしている山倉が、すっかりくたびれているふうなのに驚く。

「いやあ、参ったよ、潮音《しおね》坊ちゃんに振り回されて……」

驚いた青葉の様子に気づいたのか、訊ねる前にそう話し出す。

「どうも、利かん気っていうか、元気すぎるよ」

山倉の頬には引っかかれたような痕《あと》があった。

「果物が食べたいっていうから、温室に採《と》りに行くとこなんだ。真由子《まゆこ》さんに買いに行かせたケーキはお気に召さなかったみたいでなあ。うちのばあさんもあっちこっち走り回されて」

相当な我儘《わがまま》坊主らしい。そんな話をしながらも、山倉はあくまでニコニコしている。

(ぶん殴って言うこと聞かせりゃいいのに、そんなクソガキ)

などと青葉は思うものの、妾腹《しょうふく》とはいえ仗次の子供には違いないなら、そう簡単に鉄拳制裁《てっけんせいさい》など下せるものではないのだろう。

(……というか、そもそも——本当に、旦那様の種なんだろうか)

それも青葉の気になるところだった。汐留でホステスをしていた都という女性は、仗次の子供ではないと言い張っていたという。仗次の他にも恋人がいたのかもしれないし——。

(遺伝子検査とか……した方がいいのかもなあ……)

青葉は何だかひどく落ち込んできた。

「香純さんは今、テラスで潮音坊ちゃんと一緒にいらっしゃるはずだぞ」

山倉は青葉に言い置くと、いそいそと温室の方へと去っていく。青葉は使用人用の勝手口から母屋に入った。厨房では、使用人の女性、愛里が困り顔でお湯を沸かしている。

「あ、青葉君、来てたのね」

多分彼女も我儘坊主に無理難題を押しつけられているところなのだろう。

「まいっちゃうわ、喉《のど》が渇《かわ》いたっていうからココアを作ってあげてもまずい、紅茶もまずい、レモネードもまずい、あと何を入れればいいっていうのか……まあ何持って行ったって文句を言うんでしょうけど」

案《あん》の定《じょう》だ。

「香純さんもよく根気が続くわあ。私、ついついほっぺた捻《ひね》り上《あ》げたくなっちゃう」

彼女は青葉と同意見らしい。悪ガキには鉄拳制裁が一番だ。

それとも、旦那様の愛人の子供っていうのに、思うところがある――のだろうか、彼女も？

青葉の脳裡にはそんな疑問が浮かんだものの、勿論《もちろん》口に出して訊ねられる類《たぐい》のものではない。

「香純さんもだけど、山倉さんも、他の人たちも、何だかやたらあの子に甘いのよね。我儘放題なのに、笑ってハイハイって従ってるの。変なの」

ぶつくさと文句を言っている彼女と別れて、青葉はテラスへ向かった。ウッドデッキの広いテラスに、香純と小柄な少年の姿がある。木調のテーブルに少年が腰掛け、その隣で香純が彼を見下ろしている。香純の陰になって少年の姿はよく見えず、青葉はテラスに足を踏み入れた。

足音に気づいて香純が振り返る。

「ああ、青葉、電話に出られなくてごめんなさいね」

香純が言った途端、ガツンと、テーブルが揺れた。少年の細い足が、テーブルの脚を蹴《け》りつけたのだ。

「人と話してるのに、よそ見するとか、失礼だろ」

幼い声が、居丈高《いたけだか》に言い放つ。香純が「ごめんなさいね」とすぐに謝って、愛里が言っていた言葉の正しさを青葉は知る。みんなあの子に甘すぎる。

いっそ俺が言ってやるか、と荒っぽい覚悟を決めて子供の方に近づいていった青葉は、とうとうその姿が目前に現れた時――思わず、歩みを止めてしまった。

(……ああ、そうか)

じっと、警戒するように椅子に座ったままこちらを見上げる少年の姿を見て、青葉はひと目で納得した。

(だからみんな、この子に甘いんだ)

遺伝子検査なんて、する必要がないだろう。

それほど、潮音という少年の顔立ちは、絢人にそっくりだったのだ。

青葉が出会った頃、小学生だった絢人と、体つきまでまるっきり、うりふたつだ。潮音は間違いなく仗次の子供だ。

「誰、おまえ」

傲然《ごうぜん》と訊ねる様子は、少年時代の絢人よりももっとはるかに攻撃的ではあったが。

「私の息子です。この間まで、このお屋敷で暮らしてたんですよ」

「……青葉です」

青葉は何だかひどく毒気を抜かれてしまって、じろじろと無遠慮に自分を見上げる潮音を叱りつけるどころか、そう挨拶するのが精一杯だった。

「ふーん。何か、地味なやつ。顔はまあまあだけど、眼鏡がダセぇ」

言い放たれた言葉に、青葉は眩暈《めまい》を感じた。眩暈というより、既視感《きしかん》か。十二年前に絢人と初めて出会った時と、大差ないことを言われてしまった。

よくわからないぐらい衝撃を受けて、青葉は潮音とも香純とも大した話ができず、よろよろとテラスをあとにした。使用人用の控え室に向かうと、山倉が椅子に座って、テーブルにさくらんぼを広げている。温室から採ってきて、潮音のために綺麗なものだけより分けているのだろう。青葉は山倉の隣の椅子に腰を下ろした。

「び……っくりした」

項垂《うなだ》れて呟いた青葉が、何に度肝《どぎも》を抜かれているのかすぐに察したのだろう、山倉が笑い声を上げた。

「絢人坊ちゃんにそっくりだろう?」

「似過ぎですよ……声まで似てた」

「本当になあ。昔の絢人坊ちゃんそっくりで、真由子さんや愛里さんは大きくなった絢人坊ちゃんしか知らんだろうから、ぴんとこないみたいだけどなあ……昔とおんなじように我儘言って振り回されても、嬉しいんだよなあ」

ひたすら懐《なつ》かしむような顔をしている山倉に、青葉は少し首を傾げた。

「そりゃ顔立ちはそっくりだけど、性格は似てないですよね？」

絢人も無礼な言動をする子供ではあったが、どちらかといえば前に『慇懃《いんぎん》』がつくタイプで、おおよそは鷹揚《おうよう》な態度だった気がするのだが。

「いやぁ、あの人も昔は腺病質《せんびょうしつ》だったせいか、体が思うようにならんから我儘ばっかりで、神経質で、嫌な子だったよ。宥《なだ》めるのに苦労して、周りがよってたかって甘やかしたからなお悪かったんだろうけど、みんな坊ちゃんが不憫《ふびん》でなあ。旦那様も奥様も昔からあの調子だし……」

話しながら、山倉は鼻を啜《すす》っている。それほど口数の多い人ではなかったし、勤め先の内情を漏らす人でもなかったはずだが、子供時代の絢人にそっくりな潮音の姿を見て感極まっているらしい。

「本当は誰かが叱ってやらにゃあならなかったんだろうけど、大人に威張《いば》り散らしておきながら、陰で泣くような姿を見てたら、やっぱり不憫で不憫で……まあ白雪は人間様の事情なんて関係ないから、ずいぶん絢人坊ちゃんのこと嫌ってたけどなあ」

どうも、青葉の記憶の絢人と、山倉の言う絢人の様子が噛み合わない。

「そんなふうだったっけ……？」

「――ああ、そうか。青葉も、知らんのか」

ただ首を捻る青葉を見て、思い至ったように言うと、山倉はうんうんとひとり頷いている。

「そうだな、考えてみたら、絢人坊ちゃんが変わっていったのはあんたたち親子がここに来てからかもしれん。やっぱり同じ年頃の子供が来たっていうのはいいことだったんだろうって、前にばあさんと話してた気がするよ」

青葉と会って、世界が開いたのだと、絢人は言っていた。

初対面の時から嫌なガキだと思っていたが、青葉が知っている以上に、絢人はもっと色々と拗《こじ》れた子供だったらしい。

（なら……俺は『ろくな役回りじゃない』ってことも、なかったのかな……）

そうだったらいいな、と青葉は思う。絢人の話を聞いていたら、世界中から愛されていたと信じていた、あるいは信じようとしていた人に、それが偽りだったと教えてしまったのが自分だったと思えた。本当に知った方がよかったのか、青葉にはわからなかった。

でももし青葉と出会うまでの絢人がもっと辛い時間を過ごしていて、周り中を傷つけておきながら隠れて泣くようなか弱い子供だったとしたら。他の誰を傷つけることもなく、笑っていられることを『強くなれた』と言えるようになれたのなら、その方がよかったのかもしれない。

（ずっと隠れて泣いてたんじゃなければ……）

絢人が中学生の時、夜中に青葉のところにやってきたあとも、同じようなことは何度かあった。だがその頻度《ひんど》は少しずつ減っていって、高校の頃にはなくなっていた。他に逃げ込む場所をみつけたわけではなく、逃げること自体が不要になっていたのだとしたら、本当に、それはいいことだと思う。

（絢人さんが、俺のところ以外に行くことなんか、考えられないし）

すんなりそう考えてから、青葉は自分の思考にぎょっとして、一人勝手に赤くなった。

でも実際、絢人が自分以外の誰かにあんな姿を見せるところなんて、想像がつかない。

知らないだけで、他の相手がいたらショックだろうな――と思ってしまった自分に途方に暮れて、青葉はテーブルにごつんと額を打ちつけた。

「嫌だ青葉、あなた何やってるの」

香純の声が聞こえて、慌てて頭を起こす。いつの間にか山倉が控え室から去っていて、代わりに香純の姿があった。

「何でもないです。――潮音って子は？」

「今は山倉さんと真由子さんが相手してるわ。昼間は潮音さんがあっちこっち走り回って家のものを滅茶苦茶《めちゃくちゃ》にするから、疲れちゃった」

さっきまで山倉の座っていた、青葉の隣に香純が腰を下ろす。香純は溜息をついているが、うんざりしているという様子でもない。手を焼かされたことが、少し嬉しいふうにすら見える。

「母さん、潮音さんって、絢人さんに似てますか？　いや姿形は似てると思うけど、性格とか」

「あら、そっくりよ。あんまり似てるから、大変なんだけど、可愛くって」

「でも絢人さんは、山倉さんのほっぺたにひっかき傷を残すほど手がつけられないクソガキだったかな……」

「中学に上がるまではあまり丈夫じゃなかっから、暴れはしなかったけど、暴君ぶりはすごかったわよ。潮音さんの我儘なんて、子猫が餌《えさ》を欲しがって駄々《だだ》をこねてるみたいなものだもの。

——そうだ、一番ひどい頃を青葉は知らないのよ。私の方が先に絢人さんに会ってたんだもの」

「あれ、そうだったっけ？」

「そうよ。ここに住み込みで雇《やと》っていただく前に、通いでしばらく働いてたでしょ。絢人さんがどんどん使用人を追い出しちゃうから、仮採用期間があったのよ」

香純は元々家事代行業者に登録して、あちこちの家庭で働いていた。どういう家に行ったかなどは、守秘義務があるからだろう、青葉にはまったく話していなかった。

二人で暮らしていたアパートから伊集家に移り住む時は、ただ「住み込みで働くことになったから、青葉も引っ越すのよ」と言われた覚えしかない。その前にテスト期間のようなものがあったとは、知らなかった。

「私の前からいた人には、どうか絢人さんには優しく、根気よく接してあげてほしいって言われてたんだけど。でも絢人さん、まるでかぐや姫みたいだったのよ」

「か、かぐや姫？」

「そう。無理難題ばっかり言って、それができないと、すごく悲しそうな顔するの。必死に謝ると許してくれるんだけど、自分がすごく悪いことしてるみたいでね……ああいう心臓に来るやり方に比べたら、素直に我儘を言う潮音さんの方が、いくらかましだわ。でも絢人さんの気持ちはみんなわかってるから、やっぱり甘やかしちゃうのよね」

「奥様とうまくいってない、っていう……？」

「――気づいてた？」

ふと真面目な顔になって、香純が訊ねてくる。青葉は曖昧に首を傾げた。

「この家の人は全員、大してお互いのことに関心がないんだろうなとは思ってたけど……絢人さんから話を聞いて、もうちょっと深刻なものだったんだなってやっとわかったような」

「そう……絢人さんが話したのね」

香純が小さく溜息をつく。

「なら言うけど、絢人さんは、そういう家の中のことを青葉には言わないでほしいって、私たちに頭を下げたのよ」

「――え？」

「あの絢人坊ちゃまが私たちに『お願いがあります』なんて改まって言うから、みんな腰を抜かしそうになったものだけど。私たちがここで暮らし始めてからしばらくして、そう頼まれたの。もう我儘は言わない、意地悪もしない、だから自分が奥様に愛されていないことや旦那様から跡継ぎとしての役割以外に求められていないことは、どうか青葉には言わないで、って」

もしかすると、絢人は使用人と父親に関係があったことも、気づいていたのかもしれない。

そうでもなければ色恋沙汰《ざた》に興味がないとはいえ、同じ家で暮らしておきながら自分がまったくそのことに気づかなかったのは異常だ。青葉は香純の話で、そう察する。

「それを聞いて私はすごく悲しかったし、腹が立ってね。そんなことない、お二人ともちゃんと絢人さんのことを愛してますよ……とも言えない状況が悔しかったわ。実際奥様の仕打ちはひどかった。もし簡単にそんなことないなんて言って、絢人さんが期待をして裏切られたら、と思うと、とても言えるものじゃなかったもの。だから代わりに奥様のことを叱り飛ばしたの」

「奥様を!?」

「そうよ。絢人さんにそんなことを言わせたのは奥様ですよ、胸が痛まないんですか？　って、解雇《かいこ》されるのを承知で詰め寄ったの。そうしたら……奥様も、泣き出されてしまって」

その時のことを思い出したのか、香純も少し泣きそうな顔で、悲しげに溜息をついた。

「奥様だって、自分のしていることがよくないって、わかってらしたのよ。でも、どうしたらいいのかわからない、絢人さんにどう接すればいいのか……奥様がここに嫁《とつ》いでこられた時のお話は聞いた？」

問われて、青葉は頷く。それもゆうべ、絢人から聞いた話だ。家の都合で仗次と結婚させられて、故郷にいた恋人は亡くなってしまったのだと。

「旦那様は二度目のご結婚だったのよね。最初の奥様は、子供ができない体質で、離縁されて。だから余計に奥様にとって、自分が『伊集家の跡取りを産むための道具』のように思えてしまっていたみたい。元々気がお強いというか、自立心のお強い方だったみたいだから、奥様にとって絢人さんはご自分の息子という以上に、ご自分が周りの意見に屈《くっ》した証《あかし》に見えてしまったみたいで」

「そんなの、勝手だ」

たしかに武緒も不憫な境遇だったのだろう。気が強いという彼女がそれでも仗次に嫁いだのは、彼女の意志以外のところでどうにもならない状況があったはずだ。でも、それでも母親なのに。

「私もそう思うわ。だから叱ったの。けど、自分はもう誰も愛せないし愛したくもないって泣き崩れるお姿を見ていたら、もうそれ以上は、何も言えなくなってしまって。多分ね、奥様がお嫌いなのは、絢人さんでもなくて、旦那様でもなくて、ご自分なのよ」

「……」

青葉も結局、何も言えなくなってしまう。

「旦那様もねえ、最初は奥様を気遣って、いろいろとよくしようと頑張っていたようなのよ。乗馬がご趣味っていう奥様のために厩舎《きゅうしゃ》や馬場《ばば》を作り直したり。でも奥様は一切顧みようとなさらないで、旦那様が贈った白雪には一度も乗らずに、絢人さんに譲《ゆず》ってしまったし……」

「だからって、不倫していいってわけじゃない」

そう言った青葉の語調が、自分でも驚くくらい強いものになってしまった。

声の荒さに香純も目を丸くしてから、「もちろんよ」と大きく頷いた。

青葉はそんな母親の反応を、探るようにじっと見守る。

「潮音さんの母親だけじゃなくて、他にもいたとか……愛里さんまでだなんて」

「まあ、当てつけもあるんでしょうねえ」

困ったように、香純が溜息をついた。

「旦那様は、結局一番に奥様のことを愛してらっしゃるのよ。奥様にとっては時代錯誤の政略結婚みたいなものでしょうけど。潮音さんが絢人さんにそっくりなのは、そのお母さまが奥様に似ていらっしゃるからだわ。どうしてこう拗《こじ》れてしまったのか……」

「どういう事情があろうと、同じ家の中で働く相手に手を出すなんて、絶対によくない。配偶者以外との親の恋愛なんて、子供がどんな気持ちになるか、何でそこを一番に考えないんだ」

ますます声を荒げる息子を、香純もさらに困った顔で眺めてから、少しして、改まった様子で口を開いた。

「あのね、青葉。私、ずっとあなたに言わなくちゃって思ってたことがあるの」

真剣な母親の声音に、青葉は何だか背筋がひやりとする感じを味わった。

「……何？」

聞きたいような、聞きたくないような気持ちで、こわごわ香純を見返す。

「実はね、私――」

「ごめんなさい香純さん、潮音さん、来てます？」

固唾《かたず》を呑んで香純からの告白を待つ青葉のもとに、慌てたような声が飛び込んできた。香純と揃って振り返ると、控え室の入口に、愛里が顔を出している。

「ちょっと目を離した隙に、またいなくなっちゃって……」

「わかったわ、手分けして探しましょう」

香純が苦笑して立ち上がる。またぞろ我儘坊主のご無体が始まったらしい。

「待って、母さん、話って」

「またあとで言うわ、今は潮音さんを探さないと」

広い伊集家の邸内で迷子になるのは勝手だが、建物や調度品を壊して回っているようなので、放っておくわけにもいかないだろう。青葉も仕方なく立ち上がった。

「俺も手伝うよ」

「ありがとう青葉、助かるわ」

香純たちと打ち合わせて、青葉は庭の方を見て回ることにした。

潮音の名前を呼びながら日が暮れて薄闇に染まった庭園を歩いても、返事はない。元より素直に返事をするような相手でもなさそうなので、子供が隠れそうな場所を探しながら進み、厩舎の方まで辿り着いた。

厩舎に白雪の姿はなく、近くから聞こえてきた嘶《いなな》きに、青葉は驚いて辺りを見回す。

「やめろ、嚙《か》むな！　嚙むなよ！」

少年の悲鳴と、ガチガチと歯を嚙み鳴らす音。厩舎から馬場に向かう途中で、白雪に威嚇《いかく》されている潮音の姿があった。潮音は馬が物珍しくて、迂闊《うかつ》に近づいたのだろう。白雪は絢人そっくりな潮音を嫌がっているようだった。青葉はできるだけゆっくりと白雪の視界に入るよう移動した。急がず白馬に近づいて、仕種で落ち着くよう示す。

「下がって」

白雪が青葉に気を取られた隙に、潮音に声をかけた。潮音が慌てて走ってきて、青葉の後ろに身を隠す。青葉は潮音を放っておいて白雪に近づき、首を叩いて興奮を宥めた。

「よしよし、もう大丈夫だぞ」

盛んに鼻を鳴らして歯を打ち合わせていた白雪が、青葉を見て落ち着いてきたのか、威嚇をやめた。しっぽが高い位置でゆっくりと揺れ出す。青葉に鼻面《はなづら》を擦《こす》りつけて、甘えるような仕種も始めた。

「危ないですから、一人で近づいたら駄目ですよ」

「何だその馬、乱暴で、可愛くない。馬刺《ばさ》しにしちゃえ」

振り返って諭《さと》すように言った青葉に、潮音が憎々しげに言い放った。この様子では、勝手に白雪に触ろうとしただけではなく、悪戯《いたずら》でもしたんじゃないかと、青葉は疑《うたぐ》る。

「そういうことを馬の前で言わないでください」

白雪への暴言に、青葉がつい冷たい目で見返すと、潮音がびくっと肩を揺らしてから、子供らしく「ふん」と顔を逸《そ》らした。やっぱり絢人と潮音が性格まで似ているなんて気のせいじゃないだろうか。呆れつつ、青葉はしばらく白雪を宥めてから、厩舎の方に誘導した。白雪は大人しく青葉についてきて、自分から厩舎の馬房《ばぼう》に収まった。

「いい子だな、白雪」

肩に提《さ》げていた鞄から、もともと白雪にやるつもりだった野菜を与えると、白雪はすっかりご機嫌だ。あっという間に人参《にんじん》を平らげて、また甘えるように顔を擦りつけてくる白雪を、青葉は思う存分甘やかす。

白雪が落ち着いたようだったので、馬房から離れ、香純に電話をかけ潮音をみつけたことを連絡した。潮音は厩舎から、というより青葉から少し距離を取って、警戒するように視線だけを向けている。

「潮音さん」

青葉が振り返り、念のためもう一度注意しておこうと厳しい声音で名前を呼ぶと、潮音がまたびくっと体を揺らした。生意気そうな眼差しも揺らいで、どこか、不安で心許《こころもと》なさそうな色が浮かんだ。

(あれ?)

叱られることを覚悟して身を竦《すく》める潮音の様子は、あまり暴君というふうには見えない。悪いことをしたと自覚して、しょげている様子だ。

「馬の脚力《きゃくりょく》を舐《な》めてかかったら駄目ですよ。蹴られたら大怪我します。それに馬は繊細《せんさい》なんだから、怯《おび》えさせたら可哀想です。今後は庭師の山倉さんと一緒の時以外、勝手に触ったりしないでください」

「ふ……ふん、使用人風情《ふぜい》が、偉そうに」

強がっているのがありありとわかる調子で、潮音が言った。

「俺は使用人じゃありません。使用人の息子ですけど」

「じゃあ、何で偉そうに俺にお説教するんだよ。俺はこの家の跡取り候補だぞ!」

「あなたが跡取りかどうかは、どうでもいいんですけど、白雪に危害を加えるようなら放っておけないので」

どうでもいい、にことさら力を入れて言い放つ。潮音はまたびくびくと首を竦めた。

(……やっぱり)

どうも潮音は、無理して我儘な子供を演じているようにしか見えない。

青葉は大きく溜息をついてから、潮音と目線を合わせるために、その場にしゃがんだ。

「で、どうしてやりたくもない悪戯ばっかりしてるんですか」

「……え……」

青葉の呼び掛けに、潮音は意外なことを訊かれたという顔で、目を見開いている。

「悪いことばっかりしてると、いくら旦那様の息子だからって、叩き出されますよ。それとも――潮音さんは、追い出されたいんですか？」

母一人子一人。母親に男ができて、実の父親の家に追い遣《や》られた。そんな状況で自棄《やけ》にならない子供はいないだろう。逆に萎縮《いしゅく》しても仕方がない。たかが十歳で、自分こそが資産家の父親の跡取りだと威張《いば》り散らすなんて、何だか不自然だ。いや、母親に何か言い含められていたらそういう振る舞いができるのかもしれないが、潮音は多分、違う。違う気がする。

半《なか》ば山勘《やまかん》で訊ねた青葉の問いは、どうやら、正鵠《せいこく》を射《い》ていたらしい。

「……だって、別に、こんな家いたくないし」

不貞腐《ふてくさ》れた顔で、潮音が俯く。

「でもママが、もう俺の面倒見たくないから、出てけって言うし」

しゃがんだところから見上げていると、潮音の目に見る見る涙が盛り上がってくる。

「ど、どうしたらいいのか、わかんなくて……急に、出てけって……俺、なんでママに嫌われたんだろ……」

一旦崩れると早かった。派手に泣きじゃくり、潮音もその場にぺたりと座り込んでしまう。

青葉は潮音のそばに近づいて、手の甲で涙を拭《ぬぐ》う潮音の顔を見遣る。

「ちゃんと話してくれたら、みんな潮音さんの味方になりますよ。無理に我儘言わなくても」

呼び掛けても潮音は泣くばかりだったが、青葉は根気よく待った。頭を撫でてやると、潮音は青葉の膝に突っ伏すようにしてさらに声を上げて泣いた。

潮音はちゃんと母親から愛情を受けてきた子供だ。人に甘えるすべを知っている。じゃあどうして潮音の母親は、大事に育ててきたはずの息子を、この家に来させたのか。

悲しくて仕方ないというように、身を振《ふ》り絞《しぼ》って泣く潮音の声に胸を痛めながら、青葉はその頭を撫で続けてやった。

「……伊集仗次っていう人に、俺が息子だって認めさせて、面倒見てもらえ、って」

しばらく青葉の膝に突っ伏していた潮音は、泣き疲れたのか、段々啜り泣きへと変わっていったあと、掠《かす》れた小声で言った。

「ちゃんと認めてもらって、跡取りにしてもらえるまで帰ってきちゃ駄目、って……でも、伊集って人、会ってくれないし……お金なんかどうでもいいから、ママのところに帰りたい……」

そういえば仗次は何をしているのだろう。まだ仕事をしているのか、それとも絢人の言うとおり逃げ回っているのか。何にせよ無責任なことだと、青葉は呆れるし腹が立つ。

(旦那様に、直談判《じかだんぱん》するしかないのか)

子供に、それも自分の血を引いた、なのに長い間放っておいた息子に、何か言うことやるべきことはないのかと。出過ぎたことかもしれないが、黙っていられない。潮音を家の中に連れていったら、仗次のところに行ってやる。

青葉がそう決意した時、背後から、足音が聞こえた。振り返ると絢人がいた。仕事帰りなのだろう、スーツ姿で、一人ゆっくりと青葉たちの方へ近づいてきている。

絢人は青葉と目が合うと、目許で笑みを見せて頷いた。そのまま青葉の、というより潮音の間近にやってきて、屈み込む。

「潮音」

知らない声に名前を呼ばれて、潮音がのろのろと泣き濡れた顔を上げた。

潮音を見た絢人がちょっと面白そうに笑ったのは、泣きすぎでぐちゃぐちゃの顔をしていたからか、それとも子供の頃の自分に似ていることに気づいたせいか。

「……誰」

訊ねながら、潮音ももう答えがわかっている響きだった。

「伊集絢人。おまえのお兄さんだよ」

「お兄ちゃんなんかいらない」

強情を張る声で、潮音が言う。

「お兄ちゃんもお父さんもいらない、ママのところに帰りたい!」

泣き止んだはずの潮音が、青葉の首筋に抱きついてわああと泣き声を上げ始めた。悲痛す

ぎる声に自分まで泣きそうになりながら、青葉は潮音の背中を叩いた。絢人も手を伸ばして潮音の頭を撫でていて、その仕種は優しく見える。

両親に対して複雑な感情を持っているであろう絢人が、腹違いの弟に対して労《いたわ》るような態度を見せたことに、青葉は少し驚いたし、ずいぶん見直した。泣いている子供を相手に冷たく振る舞えるような人ではないのだ。

潮音は特に嫌がる素振《そぶ》りもみせず、しばらく泣きじゃくったあと、また啜り泣きになってから、それがいつの間にか寝息に変わっていった。

「泣き寝入り」

すっかり青葉に体重を預けてすうすうと寝息を立てている潮音を見て、笑いながら、絢人が立ち上がった。

「中に連れていこう。夜はまだ冷える」

頷いて自分も立ち上がろうとしたが、寝ている潮音の全体重がかかっているせいで動けない。気づいた絢人が、ぐったりした潮音の体をひょいと抱き上げた。横抱きにしている。

「お姫さま抱っこをするなら、青葉がよかったなあ」

「こういう状況で、何寝言言ってんですか」

冷たく言い放ちながらも、絢人の軽口に、青葉は妙にほっとした。

母屋では香純が待ち構えていて、潮音が寝泊まりしているらしい客間に絢人ごと誘った。青葉もついていく。潮音は張っていた気が泣いたことで崩れたのか、すっかり寝入ってしまって、香純に顔を拭《ふ》かれ、着替えさせられて、絢人にベッドまで運ばれても、まるで起きる気配がなかった。

「私がついてるわ。ふたりとも、食事がまだでしょう。すぐに支度するように言いますね」

絢人も様子を見に来たのであれば、仗次に言うべきことは彼が言うだろうし、青葉にできることはもうない。だからアパートに帰るべきかとも思ったが、青葉は結局残ることにした。

広い食堂できちんとした食事をする気になれず、絢人の提案で、用意してもらった軽食をサロンで食べることにした。

「潮音の母親は、結局男と逃げたようだよ」

サンドイッチを口に運ぶ合間に、絢人がそう切り出した。

「闇金に追い込みをかけられて、蒸発だ」

「そんな……じゃあ潮音さんは、その……捨てられたってことですか？」

「足手まといだから置いていったのか、筋者《すじもの》に追われる生活よりは伊集家に行かせた方が安全だからそうしたかは、わからないな。両方かもしれない」

絢人は苦笑していた。

「普通に連絡してくれれば、潮音のことはきちんと伊集家が引き受けたのに。よっぽど切羽詰《せっぱつ》まってたのか……」

「……それで、どうするんですか？」

絢人は、潮音のことはきちんと伊集家が引き受けると言った。もし仗次が知らぬ顔でいるとしても、絢人がすべて潮音のいいように取りはからうだろう。それは青葉にも疑いようがない。だから訊ねているのは、母親の蒸発を潮音に伝えるかどうかだ。ママのところに帰りたいと泣いていた潮音は、おそらくまだその事実を知らない。

「決まってるさ。包み隠さず潮音に話すよ」

絢人は青葉の問いの意味をすぐに察して、悩む様子も見せず、即答した。

「子供は大人が思ってるほど子供じゃない。隠す方が酷《こく》だってことくらい、考えるまでもない」

絢人はもしかしたら、自分が子供だったころのことを思っているのかもしれない。

青葉はひどく複雑な気分で、絢人に頷いた。

食事をすませたところで、青葉は武緒のことが心配になって、アパートに戻ることにした。朝のうちに武緒の分の食事などは支度しておいたものの、長い時間彼女を一人で放っておくのがいささか不安だ。

「母さんだって大人なんだから、放っておけばいいのに」

などと言いつつも、絢人も青葉と一緒にアパートに戻った。

翌日、また会社が終わったあとに伊集家に向かうと、やはり昨日と同様姿を見せた絢人と共に、サロンに潮音を呼び出した。

傲岸《ごうがん》ぶろうとしていた仮面が剝《は》がれ落《お》ち、潮音は不安で、所在《しょざい》なさそうな、子供らしい様子になっている。まだ十歳なんだよな……と思うと青葉は胸が痛かったが、絢人がゆっくりと落ち着いた口調で彼の母親について話をする様子を黙って見守った。潮音に包み隠さず話すという絢人に、自分もその場に居合わせたいと申し出たのは青葉の方からだ。

香純や他の使用人たちには、青葉から先に同じことを説明してある。仗次には絢人から電話で伝えたようだが、『それどころじゃない』と切られてしまったという。

(自分の元愛人と、子供の一大事に、『それどころじゃない』とは何ごとだ)

仗次は大らかで親切だったし、自分たち母子に優しく接してくれたから、好意を持っていた。だが今回のことで、青葉は彼を少し——大分見損《だいぶみそこ》なってしまった。そもそもの元凶のくせに、家族のこと以外で、他に何の大事なことがあるというのか。

潮音は母親がアパートを引き払って恋人の男と逃げたことを絢人から知らされると、青葉が怖れていたほどは取り乱さず、目に一杯に涙を溜《た》めて俯いた。

「もう、ここにいるの嫌だ」

絞り出すような声で潮音が言う。

「アパートに戻ってもお母さんはいないいんだぞ」

残酷なほどはっきりと絢人が告げる。

それで堪《こら》えようとしていたものが崩れたらしく、潮音がぽろぽろと涙を落とした。昨日のように泣《な》き喚《わめ》くのではなく、声を殺して泣く様子に、潮音はおそらく自分が母親に捨てられたことを理解しているのだと、青葉も察する。

今日も絢人は、潮音が泣き止《や》むのを根気よく待っていた。

潮音はしばらくしてから目許を擦り、鼻を啜って、絢人を見上げた。

「書類上、潮音はうちの子供ではないから、このままだと児童保護施設に行くことになる。でも潮音が望むなら、この家で暮らせる」

「……」

「おまえは俺の弟だから、施設に遣るのはしのびない。ここにいなさい。俺が責任持って、おまえが大人になるまで生活の面倒を見る」

潮音はまた顔を伏せてしばらくじっと考え込んでいたが、やがて、小さく首を横に振った。

「……やだ。ここ、なんかホーンテッドマンションみたいだから」

小さく啜り上げながら言った潮音に、青葉は危うく噴き出しそうになった。潮音も青葉同様、母一人子一人でずいぶんつましい生活をしてきたようだから、気持ちはわかる。馬鹿げて広く、洋風の造りをした伊集家は、例のテーマパークにある有名な幽霊屋敷を彷彿《ほうふつ》とさせても不思議じゃない。あれよりははるかに綺麗で、きちんと手入れされているとはいえ。

「なら、うちに来るか?」

青葉がひっそり笑いを堪えていると、絢人が、潮音に向けてそんな提案をした。

「絢人のうち？　ここじゃなくて？」

潮音は泣き濡れたままの目をきょとんと見開き、青葉も驚いて絢人を見遣った。

「そう。狭いアパートだけどな。潮音一人増えたところで、大して変わりがないし」

「……あんたに、俺の面倒が見れるのかよ。俺、家事とか何もできないぞ」

戸惑って、潮音がずいぶんぶっきらぼうな調子で言った。大人に対してというより、突然現れた兄に向けて、どういう態度を取っていいのか決めかねているふうにも見えた。

「ママの手伝いで、皿洗いと、お風呂掃除と、トイレ掃除だけはやってたから……やらないと置いてくれないのなら、まあ、やるけど」

「それだけできれば上等だ」

ゴミ捨てすらまともにやらない絢人に比べれば、大抵の人がそれよりマシだろうよと、青葉はこっそり思う。

「あとは、そこのお兄さんが面倒見てくれる」

絢人が示したのは紛《まぎ》れもなく青葉だ。青葉は、大慌てで絢人の肩をつついた。

「アパートには奥様がいるんですよ、どうするんですか」

「母さんは明日から旅行に出かける。香純さんが手配してくれてるよ」

絢人がそう答えたタイミングで、サロンにお茶を運ぶために香純が現れた。潮音が落ち着く頃合いを見計らっていたのだろう。

「母さん、奥様と旅行に行くって……」

「ええ、明日から、国内をゆっくり回ってくるわ。どうしても新しい部屋を手配しろっておっしゃってるけど、とりあえずもう少し冷静に考えた方がいい気がして、説得したの」

とにかく時間を稼《かせ》ぐ作戦に出たらしい。仗次もそのうち冷静になって、潮音のことをきちんと考えるかもしれない。そういうことならば、青葉に反対する理由はなかった。

「……青葉は？」

潮音が不安そうな顔のまま、絢人から青葉に視線を移す。

これで放っておけるわけがない。青葉は少年に向けて、安心させるように微笑んだ。

「俺も同じアパートにいますから。隣ですけど」

ほっとした様子になって、潮音が大きく頷いた。どうやらアパートで過ごすつもりになったらしい。

「こらこら。青葉は俺のものだぞ……」

絢人がいやににこやかな笑みを浮かべながら呟いたが、青葉は聞こえないふりで完全に無視した。

6

潮音《しおね》と絢人《あやと》の面倒を見る暮らしは、驚いたことに、ひどく穏やかだった。

潮音は表向き元気に小学校に通い（転校をするのを嫌がったので、伊集《いしゅう》家の車で学校の近くまで送り迎えをすることになった）、下校してからは、ありがたくも小上《こがみ》さんが娘さんと一緒にその面倒を見てくれた。

「原田《はらだ》さんのところもというか、伊集さんのところもというか、とにかく、大変ねえ」

小上さんにはごく簡単な概要《がいよう》だけ潮音の身の上について説明をしたが、色々と察するところがあったのだろう、詳しく詮索することもなく青葉《あおば》が会社から戻るまで潮音を預かってくれた。

青葉は定時で帰れる会社に感謝して、毎日大急ぎでアパートに戻ると、小上さんの家に潮音を迎えに行き、夕飯の支度をして、絢人の帰りを待った。

絢人は潮音のことで何度も伊集家に足を運べたのが奇蹟だというくらい忙しそうだったが、潮音が起きているうちになるべく顔を見せようという努力をしているのが青葉にもわかった。

潮音を預かってから一週間、真夜中に絢人がアパートに戻ってきた時には、潮音はすっかり青葉のベッドで寝入っていた。

「潮音さんのことはひとまず俺が見ておくから、無理に顔を出さなくても大丈夫ですよ」

絢人はどことなく面《おも》やつれしたように見える。今年大学を卒業したばかりだというのに、子会社とはいえ社長業に就《つ》いているのだ。忙しさも責任も大変なものだろう。

「青葉の顔を見ない方が辛《つら》いんだよ」

青葉の作った夕食にのんびり箸《はし》をつけながら、絢人がしれっと言い放つ。

「はいはい」

絢人はあまり食が進まない様子で、潮音のことがそれなりにこたえているのだろうと思うと、青葉はどうも絢人を無下《むげ》にすることができない。受け流すだけにしておいた。

「そうだ、潮音さんの担任の先生から、今の潮音さんの生活の様子をきちんと知らせてほしいっていう手紙をもらったんですけど……絢人さん学校まで出向く時間ないですよね。絢人さんのというか、旦那様の代理として、俺が学校に行ってくる形でいいですか？　会社は事情を話せば早退させてもらえると思うので」

「すまない、助かる。もう少し先なら俺が行けるんだけど」

「いいですよ、適当にやっときます。一応旦那様や絢人さんは潮音さんの遠縁で、潮音さんはお母さんが入院したために、当分伊集家で暮らすってことにしておきました」

「そうだな、実際潮音はいずれ伊集家で暮らすようになるだろうし」

「俺は伊集家で潮音さんのお世話をさせていただいていることにします。騙《だま》すことになりますけど、まあ真実を伝えるとややこしくなる気がするんで……」

説明する青葉を、絢人は微笑《ほほえ》みながら見ている。その笑顔が妙に嬉しそうだったので、青葉は怪訝《けげん》になった。

「何です？」

「潮音が、まるで俺と青葉の子供のようだなと思って」

「は？」

「といっても、十歳じゃ、大きすぎるか。俺と青葉もそのくらいで潮音を作った計算になる」

「そんな子供に子供が作れるわけないじゃないですか、馬鹿ですか。それ以前に男同士で子供ができるわけないじゃないですか、馬鹿ですか」

なるべく絢人を労《ねぎら》おうと思っていたのに、またくだらない冗談を口にするから、二度も馬鹿と言ってしまった。まあ仕方がない。

「潮音はずいぶん青葉に懐《なつ》いているだろう。親子とは言わないけど、青葉とも兄弟みたいに見えるよ。少し妬《や》ける」

「……こんな子供にまで何言ってんですか、だから馬鹿ですか」

絢人を罵《ののし》りながら、だが青葉は、内心で少し血の気《け》が引く思いがしていた。

（絢人さんは、知っているんだろうか）

本当は、ずっと、疑っていたことがある。

伊集家の当主が、絢人の父親が、自分たち母子《おやこ》によくしてくれる理由。

——仗次《じょうじ》は、愛里《あいり》にも手を出していた。その事実を知って、青葉の疑いは胸の中でみるみるうちに大きく育ち、半《なか》ば確信に至ろうとしている。

(俺は……俺も、もしかしたら)

青葉は父親の顔を直接は知らない。香純《かすみ》が青葉を身籠《みご》もっている間に事故死したと聞かされている。だがアパートで暮らしていた頃から遺影《いえい》のひとつもなかった。すぐ取り出せるところにあるアルバムは、青葉が生まれた直後から、香純と一緒に写っている写真ばかりだった。

(母さんは結婚するまで、伊集グループの関連会社に勤めてた)

子供の頃、父親が恋しくて、香純が留守の間に家捜《やさが》しをしたことがある。何か手懸かりがないかと思って。

押し入れの奥にしまわれていたアルバムに、伊集のロゴマークが映り込んでいた。香純が着ていた制服だ。青葉が伊集家で暮らすようになってだいぶ経《た》ってから、屋敷の中でそのマークを見かけて、思い出した。

接点はあったのだ。仗次と、若い頃の香純の間には。

「さすがに式を挙げるわけにはいかないっていう判断力くらいは、俺にもあるんだ」

青葉があれこれと考え込んでいるうちにも、絢人は何かを話し続けていたらしい。

「式？　式が何ですか？」

「だから、青葉と俺の結婚式の話だよ」

「……はあああああ⁉」

こっちはシリアスに悩んでいるというのに、絢人のバカな妄想には歯止めがかからない。

「挙げませんよ、結婚式なんて」

「だから、挙げないって言ってるだろう。その代わり、新婚旅行は派手に行こう。なるべく長く休みを取れるように調整するから、青葉も……というか、青葉は今の会社を辞めて、新婚旅行から帰ってきたあとは俺の家に入るべきだな」

「べきって何ですか、べきって。新婚旅行にも行きませんよ。そもそも結婚しませんよ。しないっていうかできませんよ」

「船は少し苦手だけど、青葉が手を握っていてくれたら平気かもしれない。ちょっといいなと思ってる世界一周ツアーがあるんだ」

「世界一周って、どれだけの期間仕事を休むつもりですか。絢人さんは代表取締役なんだから、そうそうサボるわけにはいかないでしょうが。無責任ですよ」

「仕事はちゃんと引き継いでいくよ。何かあれば、携帯とパソコンでどうにでもなる」

「重大なトラブルがあればそういうわけにいかないでしょう。電気機器が万能っていうわけでもないし、通信が届かない場所がないとも……、……じゃない、そうじゃない、そもそも俺は絢人さんと結婚もしないし新婚旅行にも行きません！」

「しー、大きい声を出すんじゃないよ。潮音が起きてしまうだろう」

「あ」

激昂《げっこう》しかけてから、青葉は慌てて自分の口を塞《ふさ》いだ。絢人はまたにこにこしている。

「嬉しいよ、青葉。青葉も俺との結婚や新婚旅行について想像を膨《ふく》らませてくれて」

「主に否定の方向ですよ。バカバカしい。俺は風呂に入ってくるので、絢人さんは食べ終わったらさっさと自分の部屋に戻ってください」

潮音はあたりまえのように青葉の部屋で寝起きするようになり、絢人も食事を青葉の部屋に取りにきて、日によってはそのまま寝る時間まで居座った。

そして結局、青葉は自分の部屋も絢人の部屋も、同じように掃除するようになった。絢人には、とにかく使った食器はシンクに下げ、脱いだものをランドリーボックスに入れることだけを叩き込んだ。他の掃除は潮音が手伝ってくれる。母親違いの兄とは正反対に、潮音の方は器用で、食器を割ることもない。仗次は縦《たて》のものを横にもしない人だ。子供には母親の血が影響しているのだろうか……と考えてから、青葉は何だか少し落ち込んだ。

最近、潮音と一緒に暮らすようになってから、そういうことばかり青葉は考えてしまう。黙り込んでいると絢人に訝《いぶか》しがられるから、青葉は早く一人になりたかった。それで、着替えを持ってユニットバスに駆け込む。

(絢人さんはもう、とっくに、知ってるんじゃないのか?)

それが気になった。

『青葉がこの世で誰より俺に知られたくないであろう、青葉の秘密』

絢人は以前そう言った。その秘密を、自分が知っていると。

(旦那様は、実際、母さんに言い寄っていたことがある)

その現場を、青葉は目撃していたのだ。

中学生の頃、あれは、絢人が真夜中突然離れを訪《おとず》れた頃と、時期を同じくしていた。

仗次が香純の手を取って、耳許《みみもと》で何か囁いて、香純は大きな声で朗《ほが》らかに笑ったあと、仗次の足を蹴《け》りつけていた。

どうにも色恋沙汰に疎《うと》かった青葉は、仗次がつまらない悪戯《いたずら》をしたか、冗談を言って、気の強い香純に叱られていたんだろうと認識し、「旦那様も案外子供だなあ」などと思いながら、そのまま忘れてしまった。

それが色恋のやり取りだったのではと気づいたのは、高校生になってからだ。クラスメイトに、そう言ってからかわれた。絢人と親しいことに嫉妬して、何かと青葉を貶《おとし》める人たちに、「おまえの母親は家政婦ではなく、囲《かこ》われ者なのでは」と言い放たれたのだ。

自分のことならともかく、香純を侮辱《ぶじょく》されて、青葉はさすがに激怒した。

だが相手を殴り返そうと思った時、香純の手を取る仗次の姿が急に頭に蘇《よみがえ》ってきて、身動きができなくなった。

香純が伊集関連の会社に勤めていたことを思い出したのも、同じ時だ。疑惑と記憶が繋《つな》がり、ひどい衝撃を受けて、青葉はそのことについて誰にも相談できなくなった。香純に聞くのはひどく怖《おそ》ろしいことのように思えた。打ち明け話のできる友人はいない。仗次に直接聞くのもやっぱり怖い。絢人には――到底《とうてい》、聞けるもんじゃない。俺はあなたの腹違いの弟かもしれませんけど、本当のところどうだと思いますか、なんて。

一人で悩んで、悩んで、青葉はひとつ決心をした。

『伊集家を出なくちゃいけない』

自分とはまるで世界観の違う絢人や伊集家に染まりたくないという理由。それとは別に、そこから離れなくてはならないと、強く思った。

大学までずるずると伊集家に居続けてしまったのは、それでも、やっぱり、あそこは居心地がよかったのだ。

自分は不義の証《あかし》の子なのかもしれないのだから、そこで安穏《あんのん》としていてはいけない。絢人にも、武緒《たけお》に対しても、罪悪感が日ごとに増していった。最初は小さな疑惑だったのに、それが後ろめたさと繋がってどんどん膨《ふく》らんでいったのは、どう考えても絢人が原因だ。

絢人が、繰り返し『結婚しよう』だとか、バカなことを言うから。

だって兄弟かもしれないのにと、いちいち意識してしまわないわけにはいかなかったから。

そう思うにつけ、青葉は絢人に告白されるたびに悲しくなった。

（……ちゃんと気立てのいい、絢人さんを支えられるしっかりした女性と結婚して、子供をもうけて、伊集家をもり立てていくべきだ）

ぐるぐると考え込み、ずいぶん長い時間をかけて湯船に浸《つ》かったあと、青葉はようやく浴槽《よくそう》を出た。湯に浸かりすぎたせいで疲れてしまった。あるいは考えすぎたせいか。

ぐったりしながら風呂場を出ると、部屋に戻るよう言っておいたはずの絢人が、まだいた。

「よかった。いつもは烏《からす》の行水《ぎょうずい》の青葉がなかなか出てこないから、そろそろ様子を覗きにいこうと思ってたんだよ」

「風呂くらい、ゆっくり浸からせてくださいよ」

絢人は青葉を心配してくれていたらしいが、悩んだ挙《あ》げ句《く》に見たい顔ではなかった。このまま眠ってしまいたかったのに。

「寝るので、帰ってください。布団敷くのに邪魔です」

潮音が青葉のベッドで寝るようになったから、青葉は新たに布団を買って、床で寝ることにしてある。絢人は潮音か青葉を自分の部屋で寝かせようとしていたが、潮音は青葉の部屋がいいと言い張ったし、青葉は潮音を置いて絢人と同じ部屋で寝るなんて断じて御免《ごめん》だった。武緒の時は相手が女性だったからやむを得ないが、潮音は男だし子供だ。

「その前に髪を乾かさないと、風邪をひくよ、青葉」

押し入れに向かおうとした青葉の頭に、ぱさりとタオルが乗せられた。驚いている間に、どうやってか青葉は床に座らされた。乾いたタオルで頭を擦られて、青葉は動転する。

「な、何ですか」

「潮音にはちゃんと乾かして寝なさいって言うくせに」

「布団敷いてからやろうと思って、っていうかいいですよ、自分でやりますから」

「いいから、いいから」

絢人は少し面白がっているふうだった。うろたえるほど余計にそうなる、と理解して、青葉は俯《うつむ》いてじっとすることにした。

「たまには俺が青葉の面倒を見るっていうのも、いいね」

タオル越しに、絢人の指先が地肌を擦る。もっとごしごしと犬の子でも扱《あつか》うようにやってくれればいいのに、妙に丁寧な仕種だったから、青葉は平静を装《よそお》おうと心懸けてはいても落ち着かなかった。

「あの、くすぐったいんですけど」

「乱暴にしたら髪が傷《いた》む」

耳の後ろを擦られて、青葉は小さく身震いしてしまった。自分の反応にぎょっとして、咳払《せきばら》いで誤魔化《ごまか》そうと苦心する。

(ど、どうしたんだ)

自分で乾かす時はもちろんこんなことにならない。子供の頃は香純が髪を拭《ふ》いてくれたが、結構乱暴だったので痛かった記憶しかない。

うなじを擦られてもぞくぞくする。

さすがに青葉は、髪を乾かす以外の、絢人の他意を疑った。

「……変な触り方してませんか?」

「変?」

「だ、だから、くすぐったいんです」

「普通に乾かしてるだけだよ?」

不思議そうに問われると、自分の勘違いか——自意識過剰だと、急に恥ずかしくなってくる。

「もう、いいです、大丈夫です、充分です」

「まだここ、水滴が垂《た》れてるし」

ふ、と生温かい風を耳許と首筋に感じて、青葉は危うくのところで悲鳴を上げそうになった。

両手で口を押さえて、絢人の前から飛び退《と》く。振り返って、涙目で睨みつけた。

「て、てめぇ、やっぱりわざとじゃねえか……!」

「しー」

咄嗟《とっさ》に潮音のことを思って極力声を潜《ひそ》めながら非難したのに、絢人はわざとらしくまた唇に指を当てている。

「青葉くらいだよ、俺のことを、てめぇ呼ばわりするのは」

絢人は嬉しそうに笑っている。絶対に、全部わざとだと、青葉は改めて確信した。

「帰ってください」

「そろそろ、もう諦めたらどうだ?」

極めて突慳貪《つっけんどん》に言っているのに、絢人はめげず、笑いを含んだ声で言うばかりだ。

「何がですか」

「青葉の秘密」

「――」

どうやって絢人を追い出すか考えていた青葉は、不意打ちの言葉に、声を失った。

湯船に浸かりすぎて茹《ゆ》だっていた体から、一気に血の気《け》が引いた。

「青葉はいろいろと考えすぎなんだと思うよ。単純なことなのに、自分で問題を難しくしてる」

やっぱり、絢人は、知っていたのだ。

そして青葉もそれを知っていることを確信して、認めさせようとしている。

「……単純なことのわけじゃないじゃないですか」

俯く青葉の前に、絢人が膝をつき、顔を覗き込む。さらに顔を伏せる青葉の頬に、絢人の手が触れた。

「どうして?」

「どうしても何も……俺の存在が絢人さんにとってどんなものか、考えるだけで……どんな顔して絢人さんの前に出ればいいのか」

「大丈夫、青葉は可愛いよ」

「こんな時に何ふざけてるんですか」

茶化すように聞こえた絢人の言葉に、青葉はかっとなって顔を上げた。

すると思いのほか絢人の顔が近くにあって、驚く。

青葉が反射的に身を引こうとするより早く、絢人の唇が唇に重なった。

「……ッ、……!?」

本当に、一体何のつもりかと、怒りを込めて青葉は絢人の頬を掌《てのひら》で叩いた。引っぱたくというより、押《お》し退《の》けるという方が近い力になってしまったが。

「こういう時に、だから、何考えてるんですか……！」

「痛《い》てて」

青葉の非難にもめげず、絢人は大して痛くもないであろう頬を押さえて笑っている。

「大体不意打ちでこんなことするとか、ひ、卑怯じゃないですか」

「じゃあ青葉は、自分が卑怯だって認めるんだ」

「え？」

「あの時俺は、起きてたんだよ」

「……え?」

絢人が何を言っているのかわからず、青葉はひたすら、目をしばたたく。

あの時、とは、どの時か。

混乱した頭で記憶を掻き回して——急に、青葉は、思い出した。

「——っ」

一瞬にして、全身が赤くなる。火でも噴いたんじゃないかと思うほどだ。

絢人が何を言っているのか、もうわからないふりも、誤魔化《ごまか》すことすらできない。

(そ、そっちか……!)

絢人がこないだから思わせぶりにちらつかせていたのは、てっきり、自分の出生の秘密のことかと思っていた。

だが違う。絢人はそんなことを言っていない。もっと、たしかに、単純な話だ。

居たたまれなくなって、青葉は赤い顔のまま立ち上がろうとした。絢人が部屋を出ていかないなら自分が出て行くまでだ。そう思って腰を浮かしかけた時、足まで浮いた。何が起きたかわからない間に、背中を支えられて、仰向《あおむ》けにひっくり返った。

足払いされたのだと気づいた時には、青葉の上に絢人が覆《おお》い被《かぶ》さっていた。抗議しようとした唇がすかさず唇で塞がれる。今度は、今までみたいにただ触れるだけのキスではなく、強引に唇の中に押し入ってきた舌に口中を掻き回される、深い接吻《くちづ》けだった。

「んっ」

感触に驚く青葉を、しばらく一方的に蹂躪《じゅうりん》してから、絢人が少しだけ身を起こして青葉を見下ろし、笑った。

「あの時は、青葉が俺にこうしたんだ」

唇が濡れているのが変に生々しく見えて、また全身赤くなりながら、青葉は絢人から目を逸《そ》らす。

「こんな……っ、ここまでは、してないですよ！」

反論してから、自分が語るに落ちたことを察して、青葉は絶望的な気分になる。

絢人の腕を摑んで押し退けようとするのに、何だかうまく力が入らない。再び濡れた生温かい舌に舌をなぞられ、上顎《うわあご》を舐めとられると、体が震える上に変な声が漏れそうになった。

もう一回殴ろうかと握った拳《こぶし》を、仕種に気づいた絢人に押さえつけられた。目敏《めざと》い。

その時衣擦《きぬず》れの音がして、青葉はまた体をびくつかせる。潮音が、ベッドの上で唸《うな》りながら寝返りを打っている。ばたばたしているのがうるさかったのだろう。

「し……潮音さんが、起きるから……！」

どうにか顔を背《そむ》けてそれだけ言うが、追い掛けてきた絢人の唇にまた唇を塞がれた。絢人はあまりに熱心に接吻けてきて、青葉は段々何も考えられなくなる。気持ちよかった。絢人に口中を犯されるのが信じがたく気持ちよくて、触れられたところから背筋を伝って全身がとろとろに溶けそうになる。

絢人は青葉がぐったりするまでキスを続けて、もう抵抗する気力もなくなったのを見計らったかのように、ようやく体を起こした。だが涙目でぼんやりしている青葉の頬に、またすぐ唇をつける。それで青葉は少し正気に返った。

「子供を持つ夫婦が兄弟を作るのは大変だろうな」

何言ってんだこいつ、と毒突く気力も湧《わ》かない。

「――青葉とじゃれ合ってるのは楽しかったから、ずっと知らないふりをしていたけどね。そろそろ我慢の限界だから、認めてほしい。青葉も、俺のことが好きだって」

「……」

青葉はまだ自分の上に覆い被さっている絢人の足を無言で蹴りつけると、寝返りを打って、絢人に背を向けた。やれやれ、という調子の溜息が聞こえる。笑いが含まれていることに死にそうな気分になった。

(バレてた)

悪い夢なら覚めてほしいが、どうやら現実だ。

(最悪だ、知られてた)

今までの自分がどれほど滑稽《こっけい》に見えていただろうかと、青葉は消え入りたい心地になる。

「……なに……うるさい……」

潮音の寝ぼけ半分の声が聞こえて、青葉は自分でも大袈裟《おおげさ》だと思えるくらい大きく体を震わせてしまった。

「まぶしい……電気消して……」

眠たい潮音が迷惑そうな声で言った。

「もう消すよ。おやすみ」

絢人が普段と変わらない声で告げると、潮音も「おやすみ」とあやふやな口調で言って、また寝息を立て始める。青葉はその間、身動《みじろ》ぎもできなかった。

「今度また話そう。逃げるなよ?」

宥《なだ》めるように青葉の背中を叩いた絢人が言う。青葉は死んだふりをした。

「おやすみ。ちゃんと髪を乾かして、布団で寝るんだぞ」

うなじにキスされる感触のせいで、また体をびくつかせてしまったが、絢人はそれには何もコメントせず、静かに青葉の部屋を出ていった。

青葉は当分、動ける気がしなかった。

◇◇◇

中高とは別の系列の大学に進学することは、絢人には黙っていた。香純にも、担任教師にも、絶対に言わないでくれと何度も釘《くぎ》を刺した。

自分が、もしかしたら仗次の息子かもしれない。

その疑惑は青葉をずいぶん悩ませて、伊集家を出る決意をさせた。

疑惑がないにせよ、このまま絢人のそばにはいられないと思っていたのだ。血の繋がりがあろうがなかろうがやっぱり男同士だし、それになにより、絢人は恥ずかしい。言動のすべてが恥ずかしい。

格好《かっこ》よすぎて恥ずかしい。

寝ている姿まで絵になるんだから怖すぎる、と思いながら間近でその寝姿を眺めていたのは、高校三年生の秋頃、昼休みのことだ。

絢人は珍しく居眠りをしていた。『昼休みが終わる前に起こしてくれ』と言い置いて絢人が寝転んだのは、音楽準備室だ。どういう手段を以《もっ》てしてか、絢人はその部屋の鍵を持っていて、昼休みになると入り込み、弁当を食べた。青葉も一緒にだ。最初は断ったのだが、絢人の姿が見えないと他の生徒たちが青葉に居所《いどころ》を聞きに来るので、面倒臭くて、結局二人隠れるように準備室に籠もった。準備室には予備のアップライトピアノがあって、たまに絢人が弾《ひ》くのを見ては、本当にこいつは何なんだと内心で呆れ返ったものだ。非の打ち所がなくて腹が立つ。

仰向《あおむ》けに寝ていてもバカみたいに口が開かないところも、すごかった。鼾《いびき》も歯軋《はぎし》りの音も立てることなく、すうすうと、静かな寝息を立てている。

(ピアノが弾けて、乗馬が趣味の高校生って、何なんだよ)

しかも持っているのは白馬だ。

(その上、腹違いの弟がいるかもしれない……とか——母さんが持ってた、大昔の少女漫画に出てくるヒーローかよっていう)

安らかに眠っている絢人を見ていると、青葉は何だか息が詰まりそうになった。苦しくて、泣けてくる。

(せめて俺までこの人のこと好きにならなけりゃよかったのに)

そう思うと、悲しくて仕方がなかった。

ずっと絢人のことが好きだった。いつからか、なんて考えたこともない。考えるまでもなかったのだ。

白馬に跨《また》がる小学生だった絢人を見た時に、なんて綺麗な子だろうと、一瞬で目と心を奪われた。恋に落ちた。

あそこだけが異空間に見えた。もしかしたら絢人が綺麗だったことそのものよりも、飛び抜けて綺麗な容姿をした自分と同い年の少年が、お城みたいな豪邸の裏庭の馬場《ばば》で、白馬に乗っている——などという光景があまりにすさまじくて、度肝《どぎも》を抜かれて、その衝撃で脳をやられてしまったのかもしれない。

人生で一番のインパクトだった。

あの瞬間、青葉は多分、自分まで異世界か夢の中の登場人物になったような錯覚《さっかく》を味わったのだ。

その陶酔《とうすい》は、白雪から振り落とされそうになる姿や、友達になってあげてもいいよなどと傲《ごう》慢《まん》な台詞《セリフ》を平然と口にする姿を見て、すぐに破られはしたのだが。

しかし絢人は、どうしても王子様だった。やることなすことが絵になって、格好よくて、青葉はそのたびぼんやりとまた目と心を奪われた。

それで我に返っては、絢人が作り出す異空間に引《ひ》き摺《ず》られないように、世界観に巻き込まれないように、死に物狂いで抵抗した。流されたら終わる。絢人は絢人だからあれでいい。だが自分は、生粋《きっすい》の庶民《しょみん》で、使用人の息子で、身分差があって――駄目だ、深く考えるな、自分がまるで少女漫画のヒロインみたいだなんてことに思い至るな。

結婚しようと言われるようになってから、何年も、青葉は絢人から逃げ回った。逃げるくせに、でも絢人の王子様ぶりを見るのは嬉しくて、近づいては、また巻き込まれかけて、また逃げ出す。

同じことを繰り返してばかりの、不毛な子供時代だったと思う。

(でももう、終わりだ)

たとえ同性愛者だからといって、そうそう非難されるものでもないだろう。絢人には親から引き継ぐ地位や資産がある。立場のある人を声高《こわだか》に「あいつはホモだ」と笑い者にすれば、そちらの方が袋叩きに遭《あ》うご時世だ。

でも近親相姦《きんしんそうかん》はまずい。弟と恋人関係にあると知られれば、同性愛者と知られるより、世間からの目は厳しくなるだろう。

（絢人さんは唯一の嫡出子《ちゃくしゅつし》なんだから、普通に考えて、ちゃんと結婚して子供を育てて、伊集家の跡取りを作らなくちゃいけない）

使用人の息子ではなく、自分も伊集家に雇《やと》われて、あるいはたびたび絢人から請《こ》われるように彼の秘書として共に働いていくことを、考えなかったわけじゃない。

でも無理だ。絢人が、彼にお似合いの綺麗で素晴らしい家柄と人柄の妻を迎えて、その子供を見守るとか――できるわけがない。

憧《あこが》れだったらよかった。自分とは違う世界の王子様に、好きなヒロインの出る映画でも観る時のような気分で浸《ひた》る。それですめばよかったのに、絢人が他の誰かと恋に落ちて結婚するところを想像するだけで奇声を上げて頭を抱えたくなるくらい嫌だなんて、もう、どうしようもない。

（だからもう、お別れだ）

大学は別のところに行く。伊集家も出る。夢のような王子様を夢のままで終わらせるために、絶対にそうしなければならない。

その日は放課後に三者面談があって、志望校をいよいよ決定する頃合いだった。

「さようなら、絢人さん」

口に出して言ってみたら、ひどく感傷的《かんしょうてき》な気分になった。

泣きそうになるのを堪えていたら、魔が差した。

魔が差したとしか言いようがない。音楽準備室の窓からは、午後の黄金色の柔らかい光が差し込み、瞼《まぶた》を閉じて静かに寝息をたてる絢人を染《そ》めていて、その姿があまりに神々《こうごう》しくて、いつもだったら触れずに逃げようと思うほどの美しい夢の世界に、最後くらい自分から触れたっていいじゃないかと、魔が差した。

身を屈《かが》めると、陽光が遮《さえぎ》られて絢人の顔に影が落ちる。いい夢でも見ているのかかすかに端の持ち上がった絢人の唇に、青葉はそっと、掠《かす》めるようなキスをした。

子供の頃からこれまで絢人には何度もキスされて、そのたび嫌がるフリをしてきて、青葉から絢人に触れるのは初めてだった。

一瞬触れるだけで離れ、身を起こしてから、青葉は途端に猛烈な後悔と羞恥《しゅうち》に襲われた。

今自分が一体何をしたのか、熱に浮かされたようにしでかした行動を思い返して、正気を保っていられずその場に突っ伏した。

(恥ずかしい……！　死ぬ……！　死のう……！)

何を自《みず》ら進んで、それこそ少女漫画のようなことをしてしまったのか。

青葉はもう絢人の寝顔を見ていられる気がせず、自分の分のランチボックスをひっ摑むと、転げるように音楽準備室をあとにした。

走って教室に戻りながら、忘れよう、なかったことにしようと、必死に自分に言い聞かせた。

——まさかあの時、絢人が起きていたなんて、欠片《かけら》も考えはしなかった。

◇◇◇

（そうだ死のう……死にたい……せめて失踪《しっそう》しよう……）

机に突っ伏していたら、社長に心配そうに声をかけられてしまった。

「どうした原田君、具合でも悪いのか？」

就業時間中は仕事に没頭《ぼっとう》しようと心懸けていたが、時計が五時のチャイムを鳴らした途端、急にゆうべのことを——これまでのことを——青葉は思い出した。

「もう定時だし、帰っていいんだぞ。親戚の子を預かっていて大変なんだろ？」

潮音のことは、そのように会社に説明してある。もともと残業がほとんどない会社ではあったが、毎日かならず定時で上がれるようにかけあったら、快《こころよ》く許してもらえたのだ。

死ぬほど帰りたくはなかったが、潮音が待っていると思えば、そういうわけにもいかない。

青葉はいやいや自分の席から立ち上がり、いやいや会社を出た。

アパートに辿り着き、潮音を迎えに行く前に荷物を置きに帰ろうと思ったら、すでに潮音が部屋にいた。

「ちょっと前に、絢人お兄ちゃんが帰ってきて、しばらく忙しくなるから留守を頼むって」

「……そうですか……」

青葉は気が抜けたというか、肩透《かたす》かしを食らった気分で、息を吐いた。

わざわざ伝言を残していくくらいなのだから、一日二日留守にするというわけではなく、もう少し長くかかるのだろう。仕事が詰まっているのかもしれない。

何にせよ、絢人と今顔を合わせずにすむのは、青葉にとっては命拾いしたようなものだ。一時しのぎにしかならないことはわかっているが、とにかく、ほっとする。

夕食を作り始めると、いつもどおり潮音が手伝ってくれた。潮音が伊集家にいた頃の悪ガキぶりはなりをひそめ、あれはやはり母親の元に帰りたいがための演技だったのだな、と思うにつけ青葉は切なくなる。

「絢人お兄ちゃんがいないと、静かだね」

支度した夕食を二人で食べていると、潮音がぽつりと言った。

普段から夕食は帰りの遅い絢人を放って二人で食べているし、大体絢人はあまり口数が多い方でもないから、「いないから静か」というのはおかしな表現かもしれない。だが青葉には潮音の言わんとすることが理解できた。絢人は黙っているくせに、存在が派手なのだ。いるだけで妙な華やかさがあって、目や気分がそちらへ向いてしまう。

寂しい、などと思ってしまう自分の気持ちを、青葉は誤魔化すことができない。

(でもとにかく、高校時代のあれは、気の迷いだったで押し通して……潮音さんは落ち着いたら伊集家で暮らすように説得して、母さんに潮音さんの世話を見てもらうよう頼んで、ああ、でもそれじゃ奥様が伊集家に戻れなくなる……)

すべてを放って自分だけ逃げ去る、という選択が、青葉にはどうしてもできない。

(……いっそ、絢人さんに、兄弟かもしれないってことを打ち明けて……いや、でも、それであの人は引き下がるんだろうか)

答えが出ないままにも時が流れていく。絢人がアパートに戻らないまま一週間ほどが過ぎた。香純に連絡を取ってみると、武緒は温泉地で羽を伸ばして少し落ち着いたようなので、今は離婚云々《うんぬん》については触れないでおくという。それも仕方ない。まだ家に戻る様子もないらしい。

山倉《やまくら》にも電話をしたが、絢人は伊集家にも戻らず、そればかりか仗次も長らく家を空《あ》けているらしい。潮音のことも武緒のことも放っておいて何をやっているのだ、と青葉はさらに仗次に対して失望した。

あれこれとままならないまま、それでも表面上は穏やかに日々が過ぎていった。小上さん母子や松岡《まつおか》老人を始めアパートの人たちは潮音にも親切にしてくれて、本当に伊集家に乗り込んできた時の印象とはまるで別人のように、明るく伸びやかに振る舞っている。小上さんの娘さんと同じ小学校なら転校してもいいな、というようなことも口にしていた。元からいる小学校に車で通うことが少し面倒にもなってきたらしい。絢人が戻ってきたら早速《さっそく》伝えなくては、と青葉は心にメモしておいた。

それにしても絢人も、忙しいとはいえ潮音に電話の一本もできないのだろうかと、青葉は少し不満に思った。かといってこちらから状況を窺うのはやぶへびにしかならず、結局待つしかなかった。


絢人がアパートを留守にするようになってから二週間以上が過ぎた金曜日の夕方、青葉は伝票整理のために珍しく残業をしていた。

他の社員の大方は仕事を終えて帰ったか、まだ営業から戻っていなかったが、暇そうな社長が一人事務所に居残って、とりはぐったという昼飯の弁当を開きながら、テレビをつけた。

「悪いね原田君、うるさいか？」

「あ、いえ、大丈夫です」

テレビの音量は絞《しぼ》られていて、青葉は数字の入力を間違わないように、その音をなるべく頭に入れないよう集中した。

だが断片的に音声が耳に入ってくる。社長は夕方のニュースを見ているようだった。

『――の申請《しんせい》を行い、事実上の倒産となりました』

「あそこも潰《つぶ》れるんだもんなあ、不景気だよなあ」

パソコンのテンキーを叩く青葉の手が止まったのは、社長の独り言というには大きすぎる呟きが事務所の中にやけに響いたせいではない。

その前に、ニュースキャスターが告げた内容のせいだ。

「……え？」

テレビは青葉の席の真後ろにある。青葉は椅子ごと振り返った。

十五型の小型液晶テレビは、ビルの入口から出て前の通りに停まる黒塗りの車に乗り込もうとする壮年の男性を映し出していた。フラッシュの光を浴びた男性は苦渋に満ちた顔でテレビカメラの方に向け一礼すると、何も言わずに車に乗り込んでいく。

画面に映っているのは仗次だった。

「倒産……？　え、と、倒産？」

「なあ、あそこ、最近チェーンのレストランがどんどん閉店してたもんなあ。結構でかい会社だと思ってたけど、潰れる時は潰れるもんだなあ」

青葉の声を自分の呟きに対する相槌《あいづち》かと思ったのか、社長がしみじみとそう言った。

そのニュースはあっという間に終わり、次の話題に移ってしまった。

（潰れた？　伊集の会社が？）

呆然としながらも、青葉は携帯電話に手を伸ばしたが、絢人の番号にコールしかけてすぐに思い留まる。ニュースが流れたのなら、今は対応に追われているところだろう。電話が繋がるとも思えない。とにかく目の前の仕事を猛然《もうぜん》と片づけ、社長に帰宅の挨拶をすると、青葉は慌ただしく会社を飛び出した。

帰りしなに駅のスタンドで夕刊を買う。倒産のニュースは夕刊にも載っていた。ワイナリー、輸入ワインの独占販売を行う酒類会社、高級志向のレストランチェーン、清涼飲料や加工食品などを扱う食品会社、その研究所などを運営する親会社が、経営破綻《はたん》のために倒産処理の手続きを開始した、と記事にあった。数年前から経営不振《ふしん》となり、盛り返しのために新たな事業に着手したが業績がふるわず、赤字を増やしていった結果らしい。

青葉は伊集家の関わる事業については極力触れないでおきたくて、情報を耳に入れることを意図的《いとてき》に避けてきた。それでも創業数百年を謳《うた》う酒造所《しゅぞうじょ》の経営が厳しい状況ではあるけれども、そこから展開した女性向けのスキンケアのアイテムが当たってずいぶん話題になっているとか、健康食品の通販が定着してきたとか、普通に生活をしているとそのくらいは聞こえてくる。

だからまさか、こんなことが起こるなんて思ってもみなかった。

焦燥《しょうそう》する気分でアパートに戻ったが、かといって青葉の暮らしに何の影響があるわけでもない。潮音を迎えに行くと小上さんには「大変ねえ」と主語を省《はぶ》いた一言をもらっただけで、潮音は倒産のニュースを知らないか、知っていてもそれがどんなことなのか実感が湧かないのだろう。いつもどおりの様子のまま、青葉に学校であったことや小上さんの家で話したことなどを楽しそうに報告してくれた。

青葉も、自分に何ができるわけでもないと普段どおり過ごそうとは思ったものの、どうしても落ち着いていられず、山倉の携帯電話に連絡を取ろうとしたが繋がらなかった。

香純とは連絡がつき、彼女もニュースを見て動揺していたが、会社のことは何もわからないと言う。

『奥様は自分とは無関係だから、旅行を続けるとおっしゃってるの。でも気にしてないはずがないわ。よりによって今は榎戸《えのきど》さんもいないし、青葉、できれば様子を見にいってもらえる？』

そう香純に頼まれたのもあり、とてもじっとしていられなかったので、青葉は潮音にでかける支度をするよう告げ、二人でアパートを出た。潮音は小上さんに預けようかと迷ったが、以前絢人が言っていた『子供は大人が思っているほど子供じゃない』という言葉を思い出して、連れていくことにした。

電車で伊集家最寄《もよ》りの駅まで移動して、そこから歩いていくと、伊集家の周辺にマスコミらしき人間の姿をみかけた。ニュースの素材にするために、仗次の姿を追い掛けてきたのか。青葉は単なる通行人のふりで潮音と手を繋いで屋敷の裏手に回り、使用人用の出入口の呼び出しベルを鳴らす。警備員がインターホン越しに応対に出て、少し時間が掛かったが、鍵が開き中に入れてもらえた。

とにかく使用人用の控え室に行くと、真由子《まゆこ》と山倉の妻、料理人の宮本《みやもと》、仗次付きの運転手や清掃担当のスタッフなどが、全員蒼白《そうはく》な顔で椅子に座り込んでいた。

「青葉君――潮音さん」

知った顔を見てほっとしたのか、控え室に入って来た青葉に気づくと、少しだけ場の空気が和《やわ》らいだ。

「ニュース見たのね」

「はい。すみません、山倉さんの携帯に連絡したんですけど」

青葉は使用人たちの方に混じり、気を利かせた山倉の妻が、潮音を呼んで控え室の隅にあるキッチンに向かっている。おやつでも支度してくれるつもりなのだろう。

「絢人さんから、個人の用事でも家族以外の電話には一切出ないよう指示されてるから、出られなかったんだと思うわ」

「旦那様と絢人さんは？」

「旦那様はさっき帰ってきてから、寝込んでらっしゃるの。絢人さんは全部の対応を引き受けてらっしゃるみたいで、何度か電話があったけど、戻っては来てないわ」

真由子が真っ赤な目で鼻を啜《すす》りながら言った。

「愛里《あいり》さんは、ここにいても仕方ないって、あっという間に出てっちゃった。お給料もらえないなら裁判かしらねえ、なんて気楽に言って……そりゃあ、ここに残ってたって、たしかに仕方ないのかもしれないけど……」

「少し前から、買い換えのためって言って、いつも通勤に使われるもの以外の車を売りに出してたんだよ、旦那様」

制服姿のままの運転手が、不安そうな顔で言った。

「車道楽の旦那様が、一台残して全部売りに出すなんて、変だなとは思ってたんだが……」

「客間の家具や食器セットなんかもどんどん処分してたんです。絢人さんが小学校に上がる頃にも、あっちこっち改修したり調度品を取り替えられたりしてたから、てっきり潮音さんがここに住むようになるからとか、そういう理由なのかしらねなんてこっそり話してたんですけど」

「今思い返したら、前に屋敷の中を見て回ってた素性《すじょう》のよくわからないお客様がいたけど、あれ、管財人《かんざいにん》とかだったのかしらね……」

清掃担当の女性スタッフたちも、悲しみに沈んだ顔で話している。

「でも全然気づかなかったわ。長く働いてる私たちにも内緒にするなんてひどい。こっちだって、急に今日から仕事がなくなりますって言われたら、困るのに」

真由子は悲しいというよりも悔しそうだ。突然のことに、気分的にも対処しきれていないのだろう。

「まあ倒産情報なんてギリギリまで隠しておかないと、取引先だの債権者だのの耳に入ったら不味《まず》いだろうしなあ……会社の社員さんたちも、寝耳に水ってニュースで言ってたし。でも本当に俺たちはどうすればいいんだろうな、警備さんたちは警備会社から給料が出るだろうって話してたけど、俺たちは旦那様の会社に雇われてるって扱いだから、やっぱり、クビってことかねえ。給料が出ないのは仕方ないけど、出ていけって言われたら悲しいねえ」

杖次の運転手は、遡《さかのぼ》れば御一新《ごいっしん》の頃から伊集家の馬車を引いていた血筋だと口癖のように言っていて、杖次への忠義心も人一倍強い男だ。稼《かせ》ぎ口《ぐち》がなくなるかもしれないということより、その仕事が奪われることの方にショックを受けている様子に見えた。

「――あの、山倉さんは？」

口々に不安や悲しみを呟いている人の中に、山倉の姿が見えない。青葉が訊ねると、真由子が窓の方に顔を向けた。

「多分、庭にいるわ」

青葉は山倉のことが何だか急に心配になって、潮音を引き続き山倉の妻に見てくれるよう頼んでから控え室を出ると、庭に向かった。だがいつも山倉が手入れをしていた庭園にその姿はなく、温室の方にもいないようなので、裏手に回って厩舎《きゅうしゃ》を目指す。

（またしばらく白雪《しらゆき》に会えなかったし、ついでに、様子を見てこよう）

屋敷の異様な雰囲気に影響され、気が立ったり、塞ぎ込んでいるかもしれない。だったら白雪を元気づけたかったし、青葉もあの美しい馬に触れて少し気持ちを落ち着かせたかった。

厩舎に辿《たど》り着《つ》く前に、山倉と行き合った。ちょうど、屋敷の方に戻るところだったらしい。

「青葉」

青葉に気づいた山倉が足を止める。山倉も、おそらく今日一日のことでどことなくげっそりしている。どう声をかけようかと頭の中でまとめる前に、青葉は、山倉の手に握られているのが古い頭絡《とうらく》であることに気づいた。

急に、青葉の中で何か不安な感触が頭を擡《もた》げる。

「それ……どうしたんですか?」

「ああ。処分しなきゃと思ってなあ」

「処分……」

嫌な予感が膨《ふく》らみ、青葉は気づくと駆け出していた。

辿り着いた厩舎の中に、白馬の姿はなかった。あちこち見回したところで、馬場にも、どこにも、白雪はいなかった。

「前から売りに出してたんだけど、昨日買い手がついたって連絡が来たよ」

背後で山倉の声がした。青葉は、急に膝から力が脱《ぬ》けて、その場にへたり込んだ。

「ずいぶん資金繰《しきんぐ》りに苦しんでらっしゃったんだろうなあ。いろんなものがなくなっていって、白雪は、最後の最後だ」

「絢人さんが……?」

「いや、白雪の持ち主はずっと旦那様だよ。奥様に贈って、奥様が坊ちゃまに譲られたけど、名義は旦那様だったんだ。旦那様が売らなくても、あれこれ支払えなかったら差し押さえになってただろうから、旦那様を恨《うら》まないでやってくれな」

「……」

頭の中が真っ白になって、青葉は何も考えられなくなった。

仗次の会社が倒産したと聞いても、どこか現実味が乏《とぼ》しかったのに、空《から》っぽの馬房を見た途端に悲しみと喪失感が全身を襲って、何だか力が入らない。

(俺のものでもなかったし、大変なのは、旦那様や絢人さんなのに)

そう思おうとしても、二度とあの馬に会えないと思うと、青葉は立ち上がることもできない。

しばらく呆然と座りこけているうちに、青葉の中には、どんどん後悔の波が押し寄せてきた。

思い出すのは、急な出張から帰ってきた絢人が、ひどく疲れた様子だったこと。あの時すでに、今日《こんにち》の状況に陥《おちい》ることは決まっていたのだろう。

それでも潮音のためになるべくアパートに戻ろうとしていた絢人の努力や、いつもと変わらぬ態度で自分に接していたその内心について考えると、青葉は胸が引き絞られるような感触を味わわされる。

(この家を出なけりゃよかった)

自分が残っていたところで、何が変わるわけでもなかっただろうが――いや、変わっていたかもしれない。絢人のすすめる通りに伊集家の関連企業に勤めていたら、今、外を走り回っているという絢人の力に、少しでもなれたかもしれないのに。

本当に、今さらだ。今さら、絢人が自分の知らないところでどんなに大変か、どんな気分でいるか、想像することしかできない自分が歯がゆくて仕方がない。

(結局無理だったんじゃないか)

こんな状況になって気づく。伊集家と、絢人と距離を置こうだなんて、無理な相談だった。今日はこうして伊集家の敷地内に入れてもらえたが、もし完全に縁切りをしていて近づくことすらできなかったら、どんな気持ちになっただろう。想像もしたくない。今すぐ絢人の顔をたしかめたい。たしかめたところで何ができるわけでもないが、それでも、どうしても見たい。

(……いや。ある、できることならいくらでも)

そう思い至ると、青葉はやっと体に力と熱が戻ってきて、よろめきながらも立ち上がった。

「青葉」

そばで心配そうに見守ってくれていた山倉に、微かに笑ってみせる。

「俺がへたりこんでてもどうにもなりませんしね。中、戻りましょう」

山倉と連れ立って控え室に戻ると、皆まだお通夜《つや》のような空気で項垂《うなだ》れていた。

「真由子さん、今日の仕事、どうなってますか」

啜り泣いている真由子に訊ねると、驚いたような目が青葉に向けられる。

「どうって、お昼前に絢人さんから連絡があってから、誰も何も手についてないわよ」

「絢人さんは、具体的に何て?」

「数日は戻れないけど、戻るまでは外からの連絡を一切取り次がないでほしいって」

「わかりました。じゃあ、とにかく今日やるべき仕事をやりましょう」

真由子たち使用人は、戸惑ったように顔を見合わせている。

「そうは言われても、俺、仕事ないんだよなあ」

運転手が弱ったように頭を掻《か》いている。

「じゃあ愛里さんの分、真由子さんを手伝ってください。みなさんその様子だと食事がまだですよね。ちゃんと食べましょう」

「それが……さっき、いつものスーパーから、先月分の代金が引き落としできなかったから、今日の分の配達ができないって言われちゃったのよ」

食材は毎日決まったスーパーから配達されてくる。その引き落とし口座は凍結されてしまったのかもしれない。

「食材自体は、今日明日分くらいまだ何かしらあるでしょう？　そのあとの分は、じゃあ俺が適当に買い物してきますよ」

「で、でも、勝手にそんなことしていいのかしら」

「構いませんよ、俺から差し入れってことにしたっていいし」

努《つと》めて明るく青葉が言うと、皆どこかしらほっとしたように肩から力を抜いた。

「そうか……そうだよな、食材の配達を断られたって聞いたら、こうなると食べるものすらままならないのかって何だか馬鹿みたいに悲観的になってたけど、そんなわけないよな」

運転手が、思い詰めた自分を恥じるように笑う。

「そうですよ。別に命を取られるって話じゃないんですから。絢人さんが戻ってきたらきっとどうとでもなります。どうにもならないんだったら、きっと絢人さんはすぐここに戻ってきて、そう言いますから。言わないってことは、大丈夫ってことです。だからそれまでは、いつもどおりにやりましょう。絢人さんが戻ってきた時に、屋敷が荒《すさ》んでたら、ガッカリしますよ」

青葉の言葉に全員が頷き、それぞれ動き出す。清掃担当の者は通いなので、もう帰宅しなくてはならないが、明日も必ず来ると言って帰っていった。料理人の宮本は厨房に向かい、真由子と運転手は宮本のサポートに、潮音も手伝うと言い張って、それについていった。

「潮音さん、いい子になったわねえ」

山倉の妻が微笑ましそうに呟いている。「元からですよ」と青葉はつい誇《ほこ》らしげに言ってしまった。山倉はあまり庭に出ない方がいいなと言って、妻と共に家の中でできる作業を探しにいった。

青葉も、リネン室が手つかずになっているのをみつけて、洗濯やアイロン掛けに精を出すことにした。

7

土日だったのを幸い、青葉《あおば》は潮音《しおね》と共に伊集《いしゅう》家に泊まり込み、欠けた香純《かすみ》や榎戸《えのきど》や愛里《あいり》の代わりに、家の仕事に励《はげ》んだ。広い屋敷を維持《いじ》するのは大変だ。いくつも部屋のある母屋《おもや》だけではなく武緒《たけお》の離れ、使用人用の離れをくまなく掃除するためには、清掃担当の人間が三人がかりでも一日では終わらない。使っていない部屋に風を通し、食器を磨《みが》いて、衣服を虫干《むしぼ》しして、などという作業の手順は榎戸と香純が管理していたから、青葉はそれを思い出しながら他の人たちに指示を出したり、自分も何かやれることはないかと歩き回った。寝込んでいる仗次《じょうじ》の世話もしなくてはならない。

香純たちがいないからといって、絢人《あやと》が戻ってきた時に屋敷の中が乱雑になっていれば、きっと疲労が増すだけだ。絢人の私室も念入りに掃除して、買い出しに行った時は絢人がいつ帰ってきても対応できるように彼の好物を買い込み、気づけば絢人のことばかりを考えて、青葉は給料も出ない押しかけ使用人として闇雲《やみくも》に働いた。

そして絢人は日曜の昼過ぎに伊集家に戻ってきた。ちょうど青葉が他の使用人たちと交替で昼食にするタイミングだった。警備からの報《しら》せを受けて絢人や仗次を出迎えるのはいつもなら香純や真由子《まゆこ》たち家政婦の役割だが、今日は山倉《やまくら》やその妻や宮本《みやもと》に、仗次の運転手、それに青葉と潮音も、自然と広い玄関ホールに集まった。

「おかえりなさいませ」

真由子が絢人に室内履《ば》きを支度する。山倉の妻が、絢人の顔を見て安堵《あんど》したのか感極まったように泣き出して、山倉がその肩を支えている。

「心配をかけて申し訳ない。父に用があるので戻ってきましたが、またすぐに出なくちゃならない」

絢人が使用人たちにそう告げる。会社の後始末が終わって帰ってきた、ということではないらしい。

「皆さんの待遇はこれまでと一切変わりません。不安な方もいらっしゃると思いますが、あと数日、待っていてください。詳しく説明します」

改まった調子で告げた絢人に、全員が頷いた。青葉は自分にくっついている潮音の肩に手を添えながら、絢人を見ていた。

絢人は潮音に目を留めると微《かす》かに微笑《ほほえ》んだが、青葉に対しては一瞥《いちべつ》しただけで、そのまま声をかけることもなく玄関ホールの奥にある中央の階段を上っていった。仗次の部屋に向かったのだろう。

「絢人お兄ちゃん、痩《や》せちゃったね……」

青葉の腰に抱きつくようにしながら、潮音が心配そうに言った。いつもなら使用人の前でも微笑を絶《た》やさない絢人は、面窶《おもやつ》れして、その余力もないふうだった。食べていないし、寝てもいないのだろう。

「絢人さんのお食事、支度した方がいいかしら……」

真由子が青葉に訊ねにきた。ここ数日で、何となく青葉が家の中を取り仕切るような流れが出来上がっている。

「召し上がる余裕がなさそうですし、俺たちは食べてしまいましょう」

青葉は自分の昼食を手早く済ませると、食器を下げるついでに、厨房に入った。

ごく短い時間仗次の部屋にいた絢人が玄関に戻ってきて、また何となく使用人たちが揃《そろ》ってそれを見送る格好になる。そこでやっと絢人が微かに笑い、安心させるように真由子や山倉たち使用人に視線を送り、最後に潮音の頭を撫でたが、やはり青葉の方には目をくれなかった。

そのまま玄関を出ていく絢人を見て、青葉にくっついて立っていた潮音がパッと駆け出し、後を追い掛けた。

「青葉ちゃんは絢人お兄ちゃんのために頑張ってるんだぞ！　何で無視するんだよ！」

青葉も慌てて潮音を追い掛けた。

「いいんです、潮音さん」

「なんで。お兄ちゃん変だよ、冷たいよ」

潮音は不満そうだった。絢人は玄関から少し離れたところで立ち止まって、青葉と潮音を振り返っている。

「いいんです。絢人さんは今大変なところで、真由子さんや山倉さんたちにも迷惑を掛けているから、自分だけ甘えちゃいけないって我慢してるんですよ」

青葉は後ろから潮音の肩を摑んで止めて、その耳許《みみもと》に小声で告げた。

絢人がなぜ自分を無視するのか、青葉には手に取るようにわかっていた。昔から甘えるのは下手《へた》な絢人だ。子供の頃、辛《つら》さが限界に来て真夜中に青葉のところを訪ねたって、自分からは何も語ろうとしなかった。弱味を見せたら崩れると、精一杯最後の防衛線を守ってきたのだろう。それが絢人の矜持《きょうじ》で、中学を過ぎてからは青葉を頼らずにいられるよう成長した。

だが今青葉の顔すら見ないのは、目を合わせれば甘えそうな自分を自覚しているからだろう。そうでもなければ、外の人たちに向けるのと同様、作り笑いくらいはするはずだ。それができないくらい絢人の気分が逼迫《ひっぱく》していることに、青葉は気づかないふりをしたかった。

――それでも本当は青葉だって絢人のことが心配だったし、顔を見られて安堵《あんど》したし、嬉しかったから、結局黙って見過ごすことができない。

青葉は片手に握っていた紙袋を、立ち止まっている絢人に近づいて渡した。

「食べられるようなら車の中で食べてください。ご飯が余っちゃって勿体《もったい》なかったので」

さっき昼食を終えたあとに厨房で作ったミルクティの入った水筒《すいとう》と、小さめのおにぎりがふたつ。おにぎりの具材は絢人が好きな、おかかとチーズを醤油《しょうゆ》であえたもの。昔青葉が作って以来、これも絢人の好物だ。「青葉が握ってくれたから倍美味《おい》しい」などと言っていた。

「……」

絢人は黙って紙袋を受け取った。青葉の後ろで走ってくる小さな足音が聞こえる。ついてきた潮音に絢人が手を伸ばし、また頭を撫でるのかと青葉が思っていたら、絢人は弟の顔半分を掌《てのひら》で覆《おお》った。

「!?」

びっくりしている潮音の目を塞《ふさ》いだまま、絢人が青葉に近づき、軽く身を屈《かが》める。

青葉は黙って目を閉じて、自分から首を傾けすらして、大人しく絢人からの接吻《くちづ》けを受けた。

絢人はほんの数秒青葉と唇を合わせると、すぐに離れた。

「何、お兄ちゃん、何?」

戸惑って声を上げる潮音から手を離し、絢人が玄関先よりも明るい表情で笑う。

「俺が留守の間、父さんとこの家を頼む、潮音」

絢人にそう告げられた潮音が、出し抜けに目を塞がれた驚きを忘れて、気負った様子で頷く。

絢人はもう一度潮音に笑いかけると、青葉とは目を合わせずに、車の待つ方へと歩き去る。

（まあ、完全に見ないふりしなくても、多少元気づけるくらいは、いいんだ）

足取りに少し力が戻ったような絢人を見送りながら、青葉が自分に言い聞かせていると、潮音に手を引っ張られた。

「青葉ちゃん顔真っ赤だよ、大丈夫?」

青葉は、だいじょうぶです、と噛まないように応えるので精一杯だった。

◇◇◇

週が明け月曜日になると、青葉は伊集家から会社に出勤し、仕事を終えてまた伊集家に戻った。

潮音も伊集家から車で小学校に向かい、また伊集家に戻ってきた。以前はお化け屋敷みたいで嫌だと言っていたが、数日ですっかり馴染《なじ》んだようだった。

青葉が会社から戻ってきた時、屋敷には榎戸の姿があった。伊集家の執事である榎戸はさすがに会社や仗次の状況を把握《はあく》していて、兄の不幸は本当だったが、その対応の合間に伊集家に関する事務手続きも行っていたため、戻るまでにずいぶんと時間がかかっていたらしい。

「潮音さんのことといい、タイミングが最悪で、旦那様や絢人さんのご心痛《しんつう》は察して余りあるよ……」

榎戸もすっかり窶《やつ》れた様子だった。話しぶりからして、倒産の手続きを取る日取りは決まっ

ていたが、まさかその直前に潮音が現れたり、武緒が出ていったり、武緒について香純が不在になったりするとは、思ってもみなかったようだ。

「旦那様はすっかり塞ぎ込んで、部屋に入れてももらえないよ。食事を運んでもほとんど手つかずなんだろう？」

榎戸の言うとおり、会社も個人の資産も失い妻に逃げられつつある仗次はすっかり意気消沈して、日頃明朗《めいろう》な彼らしくもなく部屋に閉じ籠もっている。

「あのね、夕飯は、俺が持っていったら、ちょっと食べたよ」

青葉のそばで榎戸との話を聞いていた潮音が、口を開いた。

「絢人お兄ちゃんに、頼むって言われたから……」

潮音も仗次を心配して、様子を見に行っているらしい。青葉は思わず潮音を抱き締めたくなった。

「その調子で、旦那様を元気づけてさしあげてください。あんまり暗いようなら、叱りつけてもいいですよ」

「が、頑張る」

その翌日には、潮音に手を引かれた仗次がようやく部屋から出てきて、使用人一同に頭を下げた。

「私の不甲斐《ふがい》なさでみんなに迷惑をかけて、申し訳なかった」

使用人一同を母屋の二階にある広いサロンに集め、仗次が時々声を詰まらせ、榎戸の助けを借りながら説明したところによると、先代が亡くなって自分が会社を継《つ》いで以来、業績が年々悪化して、それを挽回《ばんかい》しようと新しい事業に手を出しては失敗することを繰り返し、ここ数年は深刻な赤字の連続で、各方面への支払いも滞《とどこお》るような状態だったという。

絢人が大学を卒業するのに合わせ、先の見通しの明るい事業については分割《ぶんかつ》して子会社化し、絢人に任せた。仗次は親会社の方をどうにかしようと奮闘《ふんとう》してきたが、業績は悪化するばかりで、いくつか事業を売り払ってもどうにもならないところまできてしまった。仗次個人が会社の連帯保証人になっていたので、売れるものはすべて売り払い、支払いに充《あ》て、会社を畳《たた》むことにした。

「子会社の方は、資金調達のルートを完全に親会社と分けてあるから、当分は潰れる心配がない。絢人は親会社の方の保証人にしていないし、俺が作った分の負債《ふさい》を絢人が返済する義務はない。とはいえ、ずいぶん助けてもらったが……」

そのために、絢人が奔走《ほんそう》しているらしい。絢人個人の資産も、かなり打撃を受けただろう。

「みんなを雇ってるのは俺の方の会社だったから、一度解雇《かいこ》という形になるが、絢人の方で改めて雇用させてもらうことになる。雇い主が俺から絢人に変わるだけで、皆の待遇に変わりはない。これからも何卒《なにとぞ》、伊集家を……絢人を、よろしく頼む」

仗次はあとのことはすべて絢人に任せ、自分は経営から一切身を引くと宣言した。

伊集家も絢人に譲《ゆず》り、自分は隠居すると。

「青葉、白雪《しらゆき》のことは、すまなかったなあ……」

みんなに話し終えたあと、潮音に手を引かれたままの仗次が青葉のそばに来て、泣きながら告げた。

「青葉に一番懐《なつ》いていたから、できれば、手放したくなかったんだが……この家だけは守りたくて、他のものは全部売ってしまった。もう会社も別荘もワイナリーも記念館もなくなったけど、絢人が色々頑張ってくれたおかげで、家だけは取られずにすむかもしれない」

仗次はすっかり気弱になった様子で、そばの椅子に座り込んだ。

「だが絢人の方もこれからが大変だ。どうか青葉、家に戻ってきて、あいつの手助けをしてくれないか。絢人は一番青葉を信頼しているだろうから」

「……はい」

仗次に頼まれる前に、青葉はそうするつもりだった。この際自分の父親が誰かなどどうでもいい。いや、万が一にも目の前にいる彼なのであれば、むしろ、それを助けるために働くのは当然のことだと思う。

——何より、絢人のそばにいたかった。日曜日に、絢人が自分の手渡した握《にぎ》り飯《めし》を受け取った時その目に浮かんだ嬉しそうな、幸福そうな色を見てしまったら、もう離れられない気がした。

子供の目の前で行われた不埒《ふらち》な行為を止めなかったのは、それが絢人に必要だと思ったからだけじゃない。青葉も、あの時、絢人に触れたかったからだ。高校時代に魔が差した時と同じ衝動のままに。

「俺はぼんくらだったが、絢人には商才も人をまとめる力もある。絢人にはできるだけ早く身を固めてもらって、落ち着いて仕事に専念できるようにしてやらなきゃなあ」

すっかり老《ふ》け込《こ》んだような調子で言う仗次の言葉に、数日前のキスについて思い出し一人で勝手に赤らみかけていた青葉は、急激に、全身へと冷や水をかけられたような心地を味わった。

「あいつ小さい頃は、青葉と結婚するだの馬鹿なこと言ってたけど、最近はどうなんだ？　お付き合いしてるお嬢さんなんかはいないもんか？」

「……さあ……俺は……、絢人さんとそういう話を、しませんから」

平然とした素振りで答えようとした言葉は、自分で驚くくらい掠《かす》れた声になった。

仗次が隠居して家督《かとく》をすべて絢人に譲るというのなら、さらにそれを継ぐ人間が必要だ。それは今までにだってわかりきっていたことだし、青葉もそうするべきだと思って、絢人の『戯《ざ》れ言《ごと》』を突っぱね続けてきた。

でももう今は、絢人が別の誰かのものになるなんて、考えたくもなくなってしまった。

あれこれと絢人の将来について話している仗次の言葉が、まるで頭に入ってこない。

「青葉ちゃん？　どうしたの？」

青葉の顔色が急に悪くなったことに気づいた潮音が、心配そうに訊ねてくる。

「いえ、何でも……」

「気持ち悪い？　俺、お水もらってきてあげるね」

そう言ってその場を駆け出そうとした潮音が、ふと、足を止めた。不思議そうに首を傾げて、何か耳を澄ますような仕種になっている。

それに気づいた青葉も怪訝《けげん》な気分になり、窓の方へ駆け出す潮音の動きを目で追い掛けた。

「わー、すごい！」

潮音はサロンのバルコニーまで駆け出して、正門のある方を指して声を上げている。

「すごい！　馬だ！　馬が来る！」

「……？」

急に何を言い出したのかと、青葉も、仗次や使用人たちもぞろぞろと潮音のいるバルコニーへと近づく。

(馬……蹄《ひづめ》の音……⁉)

その音に気づき、青葉ははっとして、自分も外へ張り出したバルコニーへと駆け出し、手摺《てす》りに縋《すが》るように身を乗り出した。

白馬が誰かを乗せて、正門から屋敷の母屋へと続く道を駆けている。

誰か、なんて、確かめるまでもない。

青葉はそのまま身を翻《ひるがえ》して建物の中に戻ると、サロンを飛び出し、階段を駆け下りた。玄関からポーチに青葉が辿り着いた時、ちょうど、真っ白い馬の背に乗った絢人も同じ場所に駆けつけたところだった。

「白雪……！」

白馬は、紛《まぎ》れもなく、青葉の愛するあの美しい白雪だった。

「先に白雪の名前を呼ぶのか……」

スーツ姿のまま騎乗していた絢人が、笑い混じりに呟いてから、ひらりと、身軽に白雪の鞍《くら》から飛び降りた。

「買い戻してきたよ。青葉のために」

「……」

「家も、手放さなくてすむよう処理した。ここは青葉の帰ってくる場所だから」

青葉は微笑む絢人を正視できず、俯《うつむ》いた。

「本当は、別に会社が潰れようが、家が没落《ぼつらく》しようが、どうでもいいかなと思ってたんだ。たとえ一家離散《いっかりさん》になっても、俺はきっと悲しくないだろうし」

だがそう言う絢人の言葉に驚いて顔を上げる。絢人はやっぱり笑っている。

「そんな……」

「でも、この家は青葉と出会って、一緒に過ごした大事な場所だ。だから守りたかった。帰っておいで、青葉」

「……」

青葉は泣き出しそうな気分で白雪の首を抱き締めた。

(駄目だ……)

我慢できずに涙が溢《あふ》れてしまう。

(駄目だこの人、格好よすぎる……！)

白雪との再会が嬉しいばかりではない。

英国風の庭園の小径《こみち》を、白馬を駆ってやってくる絢人は、青葉の目に、常軌《じょうき》を逸《いっ》して美しく見えた。

絵になりすぎて眩暈《めまい》がした。会ったばかりの頃に白雪に跨《また》がる十一歳の絢人を見た時よりも、はるかに強烈な美しさだった。

それに身も心も震えそうなくらい感動している自分に、青葉は絶望した。

もうどうしようもない。手の施《ほどこ》しようがない。

この状況で、絢人のことが愛《いと》しくて愛しくて仕方がないと盛り上がる自分の心を抑《おさ》えきれず、泣きたくなる。

絢人の伊集家当主としてのまっとうな将来なんて、知ったことかとわめきたくなる。

「し……っ、白雪が、戻ってきたのは、嬉しいですけど。大丈夫なんですか、そんなお金……

家だって、それほど、簡単なことじゃ」

胸から溢れかえりそうな絢人への想いをうっかり口にしないように、青葉は必死に冷静な声音を作ろうと試《こころ》みた。努力はまったく報《むく》われず、いかにも感動しているというふうに震えてしまった。

「大丈夫。簡単じゃなかろうが、全部何とかしてきたんだ」

まだ数日前に見た時のまま窶《やつ》れた顔をしている絢人は、それでも青葉を目の前にして、幸福そうに笑っている。

「あと必要で、足りないのは、青葉だけだよ」

そう言うと、絢人が青葉の両手を取った。甘く幸福な空気が絢人と青葉の周囲を占《し》める。これが映画なら、辺りに花が散り、ウェディングベルが鳴り響いているだろう。

白馬に乗った王子様としか言いようのない絢人が作り出す世界観に、青葉は今度の今度こそ抗《あらが》うことができず、巻き込まれそうになった。その手を握り返し、何なら相手に抱きついて、自分からキスのひとつでもしたい衝動を、もう抑えきれそうになかった。

だがサロンのバルコニーからは、おそらく潮音や仗次たちが、何ごとかとこちらを窺《うかが》っているだろう。

青葉は絢人の手を押《お》し遣《や》るようにして離し、玄関へと小走りに戻った。入れ替わりに、おそらく白雪の姿に気づいたのだろう山倉が外に出て、嬉しそうに白馬に呼び掛けている。

玄関からは、仗次や潮音、真由子たちも次々現れ、絢人の帰りを喜び、労を労《ねぎら》っている。家を手放さずにすむことを絢人が報告すると、皆がさらに喜びに沸《わ》いている。

「青葉」

どうしていいのかわからず、無闇に玄関ホールの中を歩いていた青葉に、絢人が声をかけてきた。

「部屋で休むから、何か、飲み物を運んできてくれないか」

そう呼び掛ける絢人の声音が、どこか唆《そそのか》すような調子に聞こえたのは、気のせいか。

青葉は頷きもせずに厨房に逃げ込み、さんざん逡巡《しゅんじゅん》したあと、絢人の好きな紅茶を支度してその私室に向かった。

ノックをするが、返事がない。書斎の奥の寝室で着替えているのだろうか。呼ばれたのだからと、青葉は「失礼します」と声だけかけて、返事を待たずにドアを開けた。

書斎に絢人の姿はない。青葉がひとまずテーブルの上にティセットを置いた時、音もなく近づいた気配に、後ろから抱《だ》き竦《すく》められた。

本当は長い毛足の絨毯《じゅうたん》で足音を吸い取られようと、絢人の気配に青葉が気づかないわけがなかったのだが。

「久しぶりの青葉だ」

「……つい数日前にも会ったじゃないですか」

「お互い十一の歳から十二年間、雨の日も風の日も、病《や》める時も健《すこ》やかなる時も、富める時も貧しい時も、毎日寄り添うように一緒にいたんだ。一日だって離れていたら、俺は次に青葉に会う時かならず『久しぶり』と言うよ」

同じ台詞《セリフ》を前にも聞いた。その時は、『貧しい時』だなんて白々《しらじら》しいと、呆れたはずだった。

「……そうですね。久しぶりですね」

青葉だって絢人に会いたかった。頷くと、体を抱き竦めてくる絢人の腕に力が籠《こ》もった。痛いくらいだったが、何だか妙に気持ちよかった。

「何もかも話せないままですまなかった。きっと青葉は、とても心配だっただろうね」

「そうですよ。こんなことなら絢人さんのそばを離れなけりゃよかったって、悔やみましたよ」

白馬に乗った絢人を見てから、まだ青葉の頭はふわふわと浮いているようで、いつもなら「別にそうでもないです」とか、「お世話になった家のことですから」とか、突慳貪《つっけんどん》に言って終わるところなのに、そうしようと思う暇もなく、本音を口にしてしまっていた。

「留守を守ってくれてありがとう。この間、家にいる青葉を見て、安心していられたよ」

絢人が後ろから青葉のうなじや首筋辺りに顔を埋《うず》めて喋《しゃべ》るから、肌に唇や吐息が当たってこそばゆい。青葉は首を竦めるが、絢人は気にせず、むしろ唇を押しつけるような仕種になった。

「アパートで潮音と三人で暮らすのも楽しかったけど、そろそろ、戻っておいで。俺にはどうしても青葉が必要だし、青葉も同じだと思う」

「……」

青葉は黙って、小さく頷いた。途端体の向きをひっくり返されて、今度は正面から抱き締められる。背中を抱き返すと、頬に両手が当たって、唇に唇が触れる。数日前と同じように、青葉は大人しく目を閉じて絢人のキスを受けた。

角度を変えて何度も触れてくる唇に、青葉はぎこちなく同じ動きで応《こた》えた。キスなんて絢人としかしたことがない。全然慣れなくて、このやり方で合っているのかすらよくわからない。でもただ、触れたいのでそうした。口の中に舌が入ってきた時は背筋が震えた。気持ち悪いのか、気持ちいいのか、判別がつかなかった。やっぱり慣れない。逃げ腰になるのを、背中に回された腕が逃すまいと抱き竦めてくる。

長い間そうしてから、絢人がそっと青葉から唇を離した。

「このまま向こうのベッドに連れていきたいところだけど、実は昨日、シャワーを浴びる暇がなかったんだ」

そんなことを気にしているのかと、青葉はちょっとおかしくなった。

「髪でも洗ってさしあげましょうか」

言い終わる前に、ほぼ横抱きにされて、寝室のさらに奥にあるシャワールーム前の脱衣所に連れ込まれた。シャツを脱がされる。ズボンも。青葉は自分も何かした方がいいのか迷ったが、よくわからなかったので絢人に任せた。絢人は青葉の衣服を全部取り去ってから、自分も同じようにスーツを脱いでいる。それを見守ることもできず、青葉は所在なく相手の裸から目を逸《そ》らした。同じ敷地内に住んでいたとはいえ、相手と一緒に風呂に入るような生活でもなく、ただただ、今は気恥ずかしいばかりだった。

屋敷の中に他の人たちもいるのだ、と考えてしまえばなおさらだ。絢人は部屋で少し休むと言い置いてきたから、誰かに突然呼ばれることもないだろうが、それにしたって恥ずかしい。それ以外にも、この状況を青葉が気兼ねなく受け入れるには障害がありすぎたが——青葉はそれらについてあえて考えないようにしようと自分に言い聞かせる必要もなく、目の前の絢人のことで、もう頭も胸も一杯だった。

お互い一糸《いっし》まとわぬ状態で、絢人が青葉の手を引き、シャワールームに入る。脱衣所とは硝《ガラ》子《ス》張りの壁とドアで繋がった、そこそこ広い空間だ。男二人が転がり込んでもまだ余裕がある。絢人がコックを捻《ひね》るとすぐに頭上のシャワーからお湯が出た。青葉は宣言どおり絢人の髪を洗ってあげようと思ったのに、その間もなく、また正面から抱き締められた。

今度は服もなく、濡れた素肌が密着して、その感触に恥ずかしさも極まった。恥ずかしくて、心地よくて、いやらしい気分で頭と体が満たされる。本当に、すごく恥ずかしいことをしている、と思う。絢人の手が背中から腰の方に下りていって、その感触にびくついているうちにまた唇を塞がれた。すぐに舌が入ってくる。シャワーのお湯も一緒に流れ込んできて、青葉はお互いの唇や口中を濡らしているものが何なのかわからなくなりながら、自分からも拙《つたな》く舌を動かした。

絢人の手が遠慮なく青葉の尻を揉《も》みしだき、大して肉づきもよくないところなのに触って楽しいのかと疑問を感じながら、青葉の方は触れられることに反応して、びくびくと腰が震えてしまう。また立っているのが辛くなるが、尻を掴まれているおかげでへたり込まずにはすんだ。

押しつけ合った体の間、腹の辺りに硬いものが当たる感触がする。絢人の明らかな体の反応をそれで知って、青葉は全身、耳まで赤くなった。この人は俺の裸で、俺に触って、こんなことになるんだ。そう実感した途端、体の芯から震えが走るような感じがして、青葉も絢人と同じような状態になってしまった。

そのことについて絢人が一言でも言及《げんきゅう》したら正気を保《たも》っていられない気がしたが、絢人はただ熱心に青葉の口中を探り、尻や脚のつけ根や腰や背筋に休みなく手を這わせるばかりで、何を言うこともないのが救いだった。いや、あまりに熱心にあちこち触れられるせいで、そのたび体がびくついて、絢人に縋《すが》るような格好になるのも充分恥ずかしかった。恥ずかしいのと、シャワーのお湯が目に入るのが嫌で、ぎゅっと瞼《まぶた》を閉じる。絢人の顔を見られないのが残念な気がした。多分俺は面食いなんだろうな、と今さらなことを青葉は思う。最初から絢人の顔が好きだった。いや、顔の作りというよりも、全体の雰囲気というか佇《たたず》まいが好きだったんだろう。

「愛してるよ、青葉」

キスの合間に、耳許に唇をつけて死ぬほど甘い声で囁くようなところも、多分、好きなのだ。いちいち恥ずかしい、といつもなら反撥《はんぱつ》する代わりに、それを受け入れて頷いてみたら、驚くほど気持ちよかった。絢人の声と同じくらい甘いものが脳天《のうてん》から爪先《つまさき》まで貫《つらぬ》く感じがする。

「俺も」

口に出して本音を打ち明けてみたら、余計にぞくぞくした。

こんなに気持ちいいならさっさとやっておけばよかった、と今までの抵抗を青葉は悔やんだ。最初から、絢人の王子様ぶりに流されて巻き込まれて陶酔《とうすい》や崇拝《すうはい》をしていれば——と考えてから、それが無理なことだと悟《さと》る。自分の性格で、そんなのは無理だ。それに絢人は別に、崇拝者がほしかったわけじゃない。青葉が抗《あらが》って、絢人に対して盲目《もうもく》になれなかったから、興味を持って、やがて恋をするに至ったのだ。

現実的な冷静さと絢人に対する陶酔の間を行ったり来たりしながら、たまに陶酔の方に振り切れるくらいでちょうどいいのだと思う。

だから今は、絢人の雰囲気に呑み込まれておくことにした。繰り返し「愛してる」と水音に混じって聞こえる囁きにいちいち頷いて、絢人の頬を両手で挟み込み、自分からも熱心なキスを試みる。

青葉は絢人との触れ合いにすっかり夢中になったが、そうしているうちに、絢人の指が尻の狭間《はざま》を伝い小さな窄《すぼ》まりに辿り着き、ぎくりとなった。

「青葉のこと、繋がりたい」

未知の行為への抵抗と怯《おび》えで我に返りそうになった時、また甘ったるい声で絢人が囁くから、簡単に目が眩《くら》んだ。ぎこちないながらも頷きを返す。絢人が笑って、今度は青葉の瞼や鼻先や頬にキスをしまくった。こそばゆさに身を竦めているうちにも、絢人の指が窄まりの辺りを宥《なだ》めるような唆《そそのか》すような動きでうろつき、やがて中に押し入ってきた。

「……っ」

違和感に身を竦めて、その体を絢人の方にすり寄せる。

(む……無理じゃないか……!?)

指先が入るだけでもう一杯だ。水で濡れていても軋《きし》るような感じがする。絢人の方も無理だと思ったのか、少し入っただけの指が割合すぐに出ていって、青葉は大きく溜息をついた。

だが少しの間も置かず、改めて、今度はぬるりとした感触と共にまた指が入り込んできたので、青葉は驚いた。

「えっ、な、何……」

「大丈夫」

一体何をしたのかと問いたかったのに、絢人の方は多分意図的に答えをはぐらかして、大丈夫大丈夫と子供を宥めるような口調で繰り返した。

「だ、大丈夫って、何がですか、何したんですか」

「あとでちゃんと流すから大丈夫」

「だから、何が!?」

シャワールームの中にある何らかの液体が使われているらしい。あまり深く考えたくなかったので、青葉は目を閉じて絢人の肩口に目許を押しつけた。指が遠慮なく青葉の中に潜《もぐ》り込《こ》み、内壁を擦《こす》るような、妙な動きをしている。

「う……」

絢人が自分を好きだとずっと知っていて、自分も絢人への想いを自覚してしまってから、こういう状況に陥《おちい》るのを青葉が想像したことは、皆無《かいむ》ではない。考えないようにしたかったが、思春期の時などは特に、『男同士とはどんなことをするのか』『まさかこんなことじゃないよな』とあれこれ想像しては我に返り、その想像の先を夢で見てしまい起きてから自己嫌悪で死にたくなったりもした。

そんなふうに頭で想像していたものよりも、実際の生々しさは言葉にしがたかった。

絢人の指は好きなだけ青葉の中で蠢《うごめ》いたかと思うと、やっと出ていってほっとするのも束《つか》の間《ま》、さらに中を拡《ひろ》げるようにしながら指が増やされた。生き物みたいに蠢く絢人の指の感触を自分の中で感じて、体の震えが止まらない。いつの間にか青葉は絢人の首に両腕を回して、ぎゅうぎゅうに抱きついていた。

「あ……っ、ん、ぁ……や……」

正気だったら耐えきれないであろう声が漏れて止まらず、その自分の声の甘さに自分で煽《あお》られる。絢人にこんなことをされて、こんな声を自分が漏らしているのだ、と考えると変に興奮した。何だか自分の性癖もどうしようもないんじゃないかとうっすら思えてきた。世界観のおかしい絢人とそれに翻弄《ほんろう》されてうっとりしている自分は、何てお似合いなんだろう。そう考えてから、青葉はつい小さく笑いを漏らした。

「青葉……?」

喘《あえ》ぐばかりではない笑い声を聞いて、絢人が不思議そうに青葉の名前を呼ぶ。青葉は笑ったまま、絢人の方に唇を寄せて、シャワーで濡れっぱなしの相手の唇に吸い付いた。

また深くキスを交わしながら、シャワーの熱さでのぼせそうになるくらいの時間をかけて青葉の中を指で探っていた絢人が、やがてその指をそっと抜き出した。そのまま壁の方を向かされ、青葉は絢人の意図を察して壁のタイルに両手をつく。そうすることにまるで抵抗がなくて、むしろ待ちかねたような気分になっていることが、また自分でおかしい。

(何でこれで、十年も逃げ続けていられたんだろう)

今まで一度もこうしてこなかったのが不思議だ。

まあ無理矢理に組み伏せられたとして、青葉は絶対に死に物狂いで抵抗しただろうから、今日、今、この状況でこうならなければ、果たせないものだったのかもしれない。

「さっきから、何を笑ってるんだ?」

小さく肩を震わせている青葉に気づいて、絢人も釣《つ》られたように笑いながら、不思議そうに問いかけてくる。

「絢人さんの気の長さに、感心してるんです」

青葉は自分の往生際《おうじょうぎわ》の悪さを棚《たな》に上げて言った。絢人の笑みが苦笑に変わった感じがする。

「七年も八年も想い続けて、途中気弱にならないこともなかったんだよ。無理矢理とか狡《ずる》いやり方で青葉を従《したが》わせるのは、本意じゃなかったし」

(ん?)

七年も八年も、という言葉に、青葉はちょっと眉を顰《ひそ》めた。

絢人がいつから『青葉をお嫁さんにする』と言い出したのか、青葉は覚えていない。

——どうやら好きになったのは、ほぼ一目惚れだった自分の方がずっと早いらしい。

そう気づくと、青葉は妙にむっとした。

「それに青葉一筋で、手練手管《てれんてくだ》に長《た》けてるわけでもない。誠実さと情熱で攻めるしかなかったんだ。青葉はもう少し、俺の努力を汲《く》んでいいと思うよ」

だが、続いた言葉で、ちょっとした不満や負けたような気分はあっという間に消え去った。

話しながら絢人の腕が青葉の腰を抱き込み、さっきまで指が出入りしていた場所に、もっと熱くてもっと質量のあるものが押しつけられる。青葉は少し身を固くして、自分の中に潜《もぐ》り込《こ》んでくる絢人の感触を味わう。中が狭すぎるのか、絢人の動きは慎重すぎるくらい遅かった。遅い分、その大きさとか熱さとかが、嫌というほどはっきりと伝わってくる。

「ん……ッ、……ぅ……」

辛《つら》くて、壁のタイルの継《つ》ぎ目《め》へと無意識に爪を掛けると、仕種に気づいた絢人が上から青葉の片手をそっと押さえた。指を絡《から》めるように握られ、その感触にも変な官能を感じてしまって気を取られているうちに、絢人がもう少し大胆に青葉の中に入り込む。

「……あ……」

辛そうな、絞り出すような声が青葉の喉からこぼれ落ちた。絢人の吐息が後ろから耳の辺りに掛かってぞくぞくする。絢人の呼吸も少し乱れている。気持ちよさそうだな、と思ったら体が勝手に震えた。

絢人は途中まで青葉の中に入ったあと、それを少し抜き出した。抜かれる感触に、青葉の肌が粟立《あわだ》つ。湧き上がるのが悪寒《おかん》だか快感だか区別をつけられないうち、ゆっくりとまた絢人が中に押し入ってくる。

「あ……ぁ、あ……ッ」

絢人の動きに連動するように、言葉にならない声だけが、青葉の意に反して絶え間なく漏れ続けた。少しずつ身の内を擦《こす》る熱の動きが速くなる。後ろから抱き寄せられ、壁に縋《すが》りながら腰を突き出すような自分の格好を意識してしまうと、猛烈に恥ずかしくなった。シャワールームに鏡がなくてよかったと心底思う。初めてなのに、立ったまま、後ろから絢人にされているんだと思うにつけ、青葉の気分が妙に昂ぶる。中を押し開かれて擦られるのは、少し痛くて、苦しかったのに、それを上回るくらい気持ちいい。もしかしたら痛いのが気持ちいいんだろうか、と気づいたら怖くなった。気持ちいいけれど完全な快感に至るまでは遠いのがもどかしくて、もっとどうにかしてほしいと願っている自分にも怖くなる。

絢人が青葉一筋と言ったが青葉だって同じだ。こんな行為をどんな立場だろうが他の人としたことはないし、どうしたら終わりを迎えられるのかわからない。少しじれったくなったところで、内腿《うちもも》の辺りに絢人の掌《てのひら》を感じて、青葉は派手に体をびくつかせた。

「ん、んっ」

腿をまさぐる絢人の指が、掠めるように、張り詰めた青葉の性器にも触れる。隠しようもなく身を強張《こわば》らせた青葉の反応をもっと引き出そうという動きで、絢人の指が直接性器に絡む。握られて、擦られて、青葉はあられもない声を止められなかった。

「あっ、んっ、ん……ぁ……！」

多少は遠慮がちに中を穿《うが》っていたはずの絢人の動きが、青葉の喘ぎに煽られたかのように速くなる。体の内側と、外の昂ぶりを同時に刺激されて、挙句その存在に急に思い至ったというように指先で小さな乳首を摘《つ》ままれて、さっきまでもどかしいなどと思っていたのが嘘のように、いっぺんにやってきた感覚の奔流《ほんりゅう》に押し流され、わけがわからなくなる。

わけがわからないくらい気持ちよくて、喘ぎというより泣き声が漏れる。体の底の方からどうしようもない快感がせり上がってきて、あとはもう、我慢しようもなく身震いしながら青葉は達した。シャワーのお湯に紛《まぎ》れて、吐き出した精液が床に落ちていく。

「……んっ」

少し遅れて、青葉の後ろで絢人もかすかに身を固くした。

絢人は青葉に入りっぱなしのままだ。中に出されてしまった。まあ別にいいかと、青葉は急にぐったりと体を弛緩《しかん》させながら諦めた。別に、絢人と自分で子供ができるわけじゃない。

——そう思った途端、今度は急に、悲しみが込み上げてきた。

「絢人さんは……ちゃんと結婚して、跡継ぎを作らなくちゃいけないんじゃないですか」

さっきから泣きっぱなしで、啜り上げながら青葉は呟く。

「まさか、この状況でそう言われるとは思わなかった」

未だ青葉と繋がったまま、頽《くずお》れそうになる青葉の体を後ろから抱き竦めて、絢人が困ったような笑い声で言った。

「……俺は、絢人さんの奥さんにはなれませんよ」

「なれるよ」

「適当なことを……」

「大丈夫、なれる」

あやすように言いながら、絢人がそっと、青葉の中から出ていった。

体を返されて、絢人と向かい合う格好で抱き締められた。力一杯抱き締められるが、さっきまで身も心も満たされていたのが嘘みたいに、青葉の胸は悲しさと諦めで占められる。

絢人は俯いて泣く青葉の頭を撫でて、顔中のあっちこっちにキスしたあと、壁にかかっていたシャワーを手に取りお互いの体と、主に青葉の下肢に残った体液のぬめりを綺麗に洗い流した。

青葉は動く気力もなく絢人にされるままになり、シャワールームから連れ出され、バスタオルで体を拭《ふ》かれて、バスローブにくるまれて、ベッドまで運ばれた。

絢人の大きなベッドで横たわっていると、同じくバスローブを身につけた絢人が、そばに腰を下ろす。

「昔青葉がうちに来て、自分の両親の結婚がすっかり失敗してることや、二人とも実の息子である俺に興味がないと気づいてしまった時に」

話し始めた絢人の言葉に、青葉はぐったりしたまま耳を傾けた。

「本当に本音を言って、青葉のことを恨んだ」

「……」

そうじゃないかな、という気はしていた。始めにその話を聞いた時に。

「気づかない方がよかったとしばらく打ちひしがれたあと、でもやっぱり知ってよかったんだと思ったし、教えてくれた青葉に感謝したのも本当だよ。それから青葉に興味を持って、今まで自分の周りにいないような人だったから、やけに気になるようになった。青葉は、何て言うか自由な子だなと思った」

「自由……」

それをまさか絢人に言われるとは思わなかった。絢人こそ、青葉の中では恣意的《しいてき》に振る舞う人間の代表格だったのに。

「素直と言うのかな。嫌な顔は隠さないし、結構はっきりものを言うし、その割に俺を完全に嫌ってるふうでもないし、じゃあどうしたら好きになってもらえるんだろうって、気づけば考えるようになってた」

——絢人も、まさか青葉が最初から自分を好きだったなんて思ってもいないだろう。言ったら負ける気がしたので、青葉は秘密にしておくことにする。

「父さんが外に作った女性に子供がいるって知った時、やっぱり何もかも気づかなければよかったと思って、恨み言を言うつもりで青葉のところに行ったら、青葉はずいぶん暗い顔をしてただろう俺を何も言わずに受け入れて、ミルクティを淹れてくれたんだ。覚えてるかな」

忘れられるはずがない。絢人は青葉を見下ろして、目が合うと、ひどく優しい顔で微笑んだ。

「その時に、俺は、青葉に一生そばにいてもらおうって決めたんだ。父さんたちは失敗したけど、俺は青葉が相手なら大丈夫だって確信した」

「いや……だから、結婚できる性別じゃない時点で、俺たちも大失敗じゃないですか……」

「まあ、書類上のことはどうでもいいんだよ」

寝転んだ体の横に投げ出した青葉の手を、絢人がぽんぽんと叩いてから優しく握った。

それだけで、さっきまでやけに悲観的だった青葉の気分が、ずいぶんと和《やわ》らぐ。

「いくら書類上の体裁《ていさい》を整えたところで、うまくいかない人を身近に知ってる。両親が世間では鴛鴦《おしどり》夫婦なんて言われていたって、実情は不幸なばっかりだ。だから俺は自分と相手だけでも絶対に幸福になれることが自分にとっての『結婚』だって決めた。——まあ考えてみれば、子供っぽいこだわりというか、両親に対する気分的な当てつけみたいなものが始まりだったんだろうけど」

青葉が頭を擡《もた》げて絢人を見遣り、また目が合うと、笑う絢人の表情は少し恥ずかしそうだった。

青葉は身じろいで起き上がり、何となく、ベッドの上に正座した。

「でも青葉を奥さんにするのは、すごく素敵なことだと思ったし、絶対実現したいと願ってた。自分の愛する人がそばにいてくれて、愛してくれて、支え合えるっていう、理想の夫婦像は、青葉が相手じゃなければ成り立たない」

「でも……」

「青葉が俺のことを好きだとわかっていたから、素直になるまで、気長に待つつもりだったんだけど」

青葉の反駁《はんばく》をおそらく意図的に無視して、絢人が続ける。

「……そうだ。高校の、あの……俺がしたこと、どうして何も言わなかったんですか」

「時期尚早《しょうそう》かなと思って。『さよなら』なんて言われて、あそこで起きてたことを教えたら青葉が完全に逃げ出す予感がして、先に外堀《そとぼり》を埋めることにしたんだ。大学を別々のところにしようと画策《かくさく》してるのは薄々察してたし、追い掛けて、卒業までの間に口説《くど》き落とせばいいかと思ってたんだけど——その間に、会社がものすごい勢いで傾きだしたから」

やはり今度の経営破綻《はたん》は、その頃からすでに始まっていたらしい。大学生ながらに絢人が経営に関わっているふうだったのは、単純に跡継ぎ教育のためだけではなかったのだろう。

「言ってくれてばよかったじゃないですか。就職の時、状況がわかってたなら、俺だって……」

「そこはまあ、見栄を張ったんだよ。青葉には俺の関わる会社に来てほしかったけど、経営難を打ち明けるには生涯の伴侶《はんりょ》になることを覚悟してほしかったし、同情で了承してもらうには抵抗があって、普通にプロポーズしても青葉には振られ続けてたし」

「……あのプロポーズを真に受けるのは、なかなか勇気がいるとしか言いようがないんですが」

「そこは俺が、狡かったかな。青葉に求婚を受け入れてもらうより、青葉の反応を見たかったり、そもそも青葉に会いたかったり、キスしたかったただけっていう方が勝ってたから」

青葉は無言で絢人の腹を殴りつけた。寸前で止められてしまって、全然ダメージを与えられなかったが。

「でも俺こそ、どうして青葉がここまで往生際が悪いのか、不思議だったよ。相思相愛なのは確実なようなのに、意地ばかり張られて、落ち込んだ時も多々ある。落ち込んでると、青葉がそっとお茶を淹れてくれたり、夜食を作ってくれたりするから、生殺しみたいなものだった」

「……」

そうか、絢人の落ち込む原因の一端は自分だったかと、青葉は今さら気づいた。絢人の両親の問題に関しての遠因《えんいん》になっているとは思ったが、直接の理由だとは、なぜだか思っていなかった。

「理由を教えてもらえるか？」

顔を覗き込むように絢人に問われて、青葉は俯いた。

「……絢人さんが気障《きざ》な王子様野郎だから、反撥《はんぱつ》してました」

正直なところを打ち明けたら、絢人が盛大《せいだい》に、彼らしくもなく少々品のない風情《ふぜい》で噴き出した。

「な、なるほど」

肩を震わせて笑っている。予測の範囲内だがそこまで直球で言われるとは思わなかった、という反応に見える。

「それに、伊集家の跡取りに男の恋人がいるっていう状況を、作るべきじゃないと思って」

「うん。他は？」

青葉が打ち明けた二つ以外にもまだ理由があると、絢人は察しているようだった。

「……」

最後のひとつを口にすることに、青葉は躊躇《ちゅうちょ》した。

疑いでしかなかったし、それに――確定してしまえば、やはりどうしても、青葉には絢人を受け入れることができない。身を引くしかない、と思う。

黙り込む青葉を根気よく絢人が見守っているうちに、書斎の方で、電話の呼び出しベルが鳴った。内線の音だ。絢人が怪訝そうにベッドから立ち上がり、書斎に向かって受話器を取り上げている。

「はい？　――はい、わかりました」

短い受け答えだけで、絢人がすぐに青葉のところへ戻ってくる。

「母さんが帰ってきた。香純さんも一緒だよ」

青葉は途端緊張した気分になって、絢人に頷いた。絢人の手を借りて怠《だる》い体をベッドからおろし、着ていた服を身につけ、髪を乾かして、急いで身支度を整える。絢人の方が支度に時間がかかったので、青葉は「先に行きます」と告げて絢人の部屋を出た。

玄関ホールに向かうと、香純を伴《ともな》った武緒は、庭園を抜けてゆっくりと母屋の方へ歩いてくるところだった。

ホールには使用人たちの姿はあったが、仗次と、それに潮音の姿が見えない。仗次は意地を張っていて、潮音は立場を考えて、出るに出られないのだろう。

武緒は母屋の前で道を折れ曲がり、自分が普段過ごす離れの方に行ってしまった。香純の目配せを受けて、真由子が武緒についていき、大きな荷物を抱えた香純は母屋の方へやってきた。

香純の荷物を、青葉は榎戸と手分けして受け取る。

「今朝急に、奥様がお戻りになるっておっしゃったの」

香純が青葉と榎戸にそう告げた。

武緒は旅先で会社のニュースを見て、しばらくは「私にはもう関係ありません」と言い張っていたようだが、続報もないので耐えきれずに宿泊先を引き上げてきたらしい。榎戸が、仗次の会社は倒産したがこの屋敷は守られること、子会社は絢人が引き継ぐことや仗次が隠居すると言い張っていることなどを、手短に香純に説明している。

「そう……じゃあとにかく、最悪の事態っていうわけではないのね」

ほっとしたように香純が言う。彼女も離れた場所で状況がわからず、不安だっただろう。

それから彼女は玄関ホールの陰でうろうろしている仗次をみつけたらしく、彼のそばに行くと帰宅の挨拶や旅先での報告を始めた。香純の話を聞く仗次の顔がどこかしら安堵したふうになっていくのは、武緒が戻る気になったことを聞いたからだろう。

「疲れただろう、今日はもう休んでいいから、部屋に戻りなさい」

鷹揚《おうよう》に仗次が言う。香純が仗次に礼を言って、その場を立ち去ろうとしている。

青葉は母親にそっと近づくと、その腕を摑み、廊下の端に連れていった。

「どうしたの、青葉?」

「母さん……俺、母さんに聞きたいことがあるんだ」

「え?」

改まった様子で切り出した息子に戸惑ったように、香純が小さく首を傾げる。

「何?」

「……前に……俺に、話さなくちゃいけないことがあるって言っていましたよね」

青葉の言葉で思い出したのか、香純がさっと緊張した表情になる。

「今、教えてください。あの時母さんが話そうとしたこと……多分、俺の、父親のことですよね」

「……ええ。そうね」

頷く香純に、青葉は覚悟を決めた。

「教えてください、俺の父親は――」

「私、榎戸さんと再婚しようと思うの」

「え?」

「え?」

自分の父親は、伎次ではないのか。

そのことについてたしかめようとした青葉は、思ってもみなかったことが香純の口から聞こえて驚いたし、香純は香純で、驚いた息子に驚いたようだった。

「さ、再婚？　榎戸さんと？」

「そうなの、この歳になって今さら、恥ずかしいけど……」

「あの……俺の父親って……」

「あなたはもう成人しているから、榎戸さんの籍に入ることにはならないけど、榎戸さんはそうしてもいいっておっしゃってるわ。青葉のしたいように——」

「じゃなくて、俺の、本当の父親は」

「あなたが生まれる前に、事故で亡くなったのよ」

「……その人の写真なんかが残ってないのは？」

「向こうのご両親に結婚を反対されてたから、荷物もアルバムも全部持って行かれちゃったのよ。あなたを取り上げられそうになるし、東京に出てきちゃったからお墓参りに行けなくて、あの人にもあなたにも寂しい思いをさせちゃって……」

「俺の父親……は、亡くなってた……んですか……」

「そうよ。どうしたの急に。私、前にもちゃんと話したわよね？」

たしかに、父親は、自分が生まれる前に亡くなったと聞いてはいたが。

（――勘違い……）

大真面目に悩んでいただけに、青葉は自分の思い違いというか思い込みに気づくと、深刻に考えていた分、身悶《みもだ》えするほど恥ずかしくなった。

実際香純に背を向けて、頭を抱える。

（だって母さんが思わせぶりに『言わなきゃならないことがある』なんて言うから！）

しかしそれ以前から疑っていたので、香純のせいではない。

（考えてみれば、奥様とも同じ家で暮らしてるっていうのに、この母さんが不倫なんかしておいて平然としてられるはずがないじゃないか……！）

冷静に考えてみればありえないことだったのに、なぜ自分が疑惑を抱いたかすら不思議だ。

――それほど、絢人が絡むと、平常心を失ってしまうということなのか。恋は盲目という言葉が青葉の頭に浮かび、さらに身悶えしたくなる。

「青葉？」

怪訝そうに香純に呼び掛けられ、一人で勝手に悶絶《もんぜつ》していた青葉は我に返り、振り返った。

いつの間にか香純の横には榎戸が立っていた。深刻そうに話しているのが気になって、様子を見に来たらしい。香純が何か耳打ちすると、榎戸が頷きを返してから、改まった様子で青葉に向き合った。

「青葉、香純さんとの結婚を許してくれるだろうか」

榎戸が真面目な顔で青葉に訊ねてくる。

「実家の兄が亡くなってしまったから、いずれは私が父の事業を継がなくちゃならなくなった。父は健在だから今すぐにではないとはいえ、いずれその時が来たら、香純さんにもついてきてもらうことになるんだ」

「じゃあ、伊集家の執事は……」

「青葉がやればいいさ」

榎戸に代わって答えたのは、こちらもそれとなく聞き耳を立てていたらしい仗次だった。

「榎戸がいずれ辞めることについては、俺も了解してる。それまでの間、青葉にこの家のことを勉強してもらって、新しい伊集家の当主となる絢人を助けてほしい」

「そのことなんですが、お父さん」

今度は絢人だった。絢人の隣には潮音がいる。絢人が呼んできたらしい。

廊下の片隅まで香純を連れてきたのに、どんどん人が増えていく。青葉は何か妙に焦《あせ》る心地になった。

「俺は伊集家を継ぎませんよ」

おまけに絢人がさらりとそんなことを言ってのけ、青葉の不安が的中した。

「何を言ってるんだ、おまえは」

仗次が困惑した顔で息子を見ている。

「こんな時につまらない冗談はよしなさい。今はおまえの力が何より必要な時で」

「勿論《もちろん》残った会社は責任を持って守ります。ただ、伊集家の後を継ぐことはできません。前々から言ってるじゃないですか。俺は青葉と結婚するんだって」

「絢人さん！」

青葉がさらに焦って制止するが、絢人は気にしたふうもない。

「俺と青葉ではどう頑張っても跡取りが作れませんから、残念ながら。だからそこは——」

自分の隣できょとんとした顔をしている潮音の肩を、絢人がぽんぽんと叩く。

「うちを乗っ取ろうという野心を抱いて現れた弟に頑張ってもらうとして」

にこやかに言う絢人を見て、青葉は気づいた。潮音に対してもっと複雑な心境になってもよさそうだったのに、絢人が最初から好意的だった理由。

潮音がこの家に来た時から、いや、その存在を知った時からすでに、絢人は『青葉と結婚して、伊集家は潮音に任せる』ことを決めていたのだ。

「潮音が他の道を行きたいというのなら、他の兄弟を探してもいいですし」

「い、いない、潮音と、おまえだけだ」

皮肉っぽく言った息子に、仗次が焦って答えるのを見て、絢人がちらりと青葉に視線を遣る。

「だそうだ。よかったな、青葉」

「……ッ」

絢人は青葉の悩みに気づいていたのか、あるいはついさっきの香純とのやり取りを見ていたのか。

どっちにしろ青葉が恥ずかしいことには変わりなく、そもそもは自分たちの家族の前で堂々と男同士の結婚を宣言されて、全身が火を噴きそうに熱い。

「先に言いますが、お父さんに許可を求めるつもりはありませんよ。これまで好き放題やってきたんだから、あとは次世代に任せて、ゆっくり隠居なさっていてください。あとのことは全部、俺と潮音と、青葉とで、どうとでもしますから」

笑いながら言う絢人に、ここのところすっかり萎《しお》れていた仗次が敵《かな》うはずもない。

「香純さんも、そういうことだから、安心して青葉を任せてください。榎戸は、ここを出るまでに、うちのことを青葉に叩き込んでくれ」

「え……ええと」

榎戸が戸惑ったように香純を見る。香純も途方に暮れたように、青葉を見遣った。

「青葉がそれでいいなら……」

「え!?　何で止めないの!?」

母親なら、息子が男性と結婚だの何だのという話に反対しないわけがない。青葉はてっきり香純が嫌がるものとばかり思っていたのに、困惑しているふうではあったが、それより諦めの方が強い様子を見て、愕然《がくぜん》とした。

「そりゃあずいぶん悩んだ頃もあったけど、絢人さんは昔からあなたと結婚するって言い張ってるし、あなたはあなたで絢人さんのこと慕《した》ってるし、いざとなったらみっともなく取り乱さずに青葉の意志を何より尊重しようって、覚悟も決まるわよ」

絢人本人ばかりにではなく、香純にも、気持ちがばれていたらしい。青葉は赤くなっていいのか、青くなっていいのか、すっかり混乱した。

「それに私も、私の幸せのために、再婚したいって思っちゃったわけだし……」

「では、何の愁《うれ》いも問題もなく決まりだな」

晴れやかな声で、絢人が言った。

気づけば、真由子や山倉たちまで、何が起きているのかと廊下に集まっている。

「青葉」

大声で喚《わめ》き散《ち》らしてこの場から逃げ出してしまいたい。そう思い詰めた青葉の手を、絢人が取る。

絢人はそのまま、青葉の前に跪《ひざまず》いた。

「俺と、結婚してください」

仗次が肩を落とし、香純と榎戸は困り顔で、潮音はきょとんと、真由子や山倉たちは目を剥《む》いて、プロポーズする絢人と、された青葉に注目している。

「……う……う」

今までなら、笑えない冗談だとか、いい加減にしてくださいとか、男同士で結婚できるかとか、冷たく言い放ったり怒鳴りつけたり、無視したりと、抵抗できた。

が——今は、拒《こば》む理由が、ひとつもない。

何でよりによってみんなの目の前でこんな、と思いつつ、青葉はすべてを諦めて、項垂《うなだ》れるように頷いた。

「……はい……」

絢人が、このうえなく幸福そうに微笑み、青葉の手の甲に接吻《くちづ》けた。

その仕種に、青葉は色々な意味で気が遠くなりそうになる。

これが、十二年に亘《わた》る青葉の初恋が実った瞬間だった。

◇◇◇

最後に残った問題は、潮音が伊集家の跡取り候補になったと聞いて、武緒がまた家を出たり、離婚について考えるのではということだった。

だがその件は、青葉の思いも寄らない形で解決した。

休日の午後、潮音の姿がみつからないので探しに出ると、よりによって武緒の離れの庭に迷い込んでいた。それまで武緒はまた離れに引っ込んで、身の回りを世話する香純以外と顔を合

わせようとはしていなかった。青葉が慌てて潮音を連れ戻そうとする前に、離れの窓が開き、縁台《えんだい》に武緒が姿を見せた。

武緒は潮音の姿に気づくなり、「あら……」と呟くと、しばらく驚いた顔のまま固まっていた。

ここで無視することもできるはずがなく、青葉はそっと潮音の背中を押し遣った。潮音はおずおずと武緒の方に近づき、「潮音です」と挨拶したまま身を竦めていた。

固唾《かたず》を呑んで見守る青葉の前で、武緒は意外にもぎこちなくだが顔を綻《ほころ》ばせ、その場にしゃがんだ。

「あなたが、潮音なの。はじめまして、私は、武緒よ」

——あとで香純から聞いたところ、最初に潮音が伊集家を訪れた時、武緒は絶対に潮音の顔など見たくないと離れに閉じ籠もったあと、誰にも言わずに屋敷を抜け出し青葉のアパートに向かったらしかった。だからこの時武緒は初めて潮音の姿を見たのだ。

そしておそらく、武緒も潮音があまりに幼い頃の絢人にそっくりなので、毒気を抜かれてしまったのだろう。

それ以来、武緒はそれなりに潮音を気に懸《か》け、昔の青葉に対するように、用事を言いつけたり、おやつを用意してお茶を振る舞うようになった。

そこにごくごくたまに仗次の姿も混じるようになり、全体的にぎこちなく不自然な雰囲気を漂わせながらも、家族団欒《だんらん》――のようなものが伊集家で初めて見られるようになった。

だがそうなると、青葉は絢人のことが心配になった。

絢人が手に入らずに諦めた光景が、彼の目の前で繰り広げられることになるのだ。

「まあ、何も思わないかって聞かれたら、嘘になるけど……」

特に何を指してでもなく、ただ大丈夫ですかと訊ねた青葉に、絢人は苦笑染《じ》みた顔でそう答えた。

平日の夜、青葉は絢人の部屋のベッドにいる。

アパートは引き払い、会社には未《いま》だに通っているが、すでに退職の意思を伝えてある。社長や他の社員にはひどく残念がられたし、入社して三ヵ月足らずでの辞意《じい》に迷惑がられもしたが、後釜《あとがま》が入ってきちんと引き継ぎをするまでは責任を持って働くことで、どうにか納得してもらった。

再び伊集家で暮らすことになり、青葉は以前と同じように使用人用の離れで寝起きするつもりだったが、絢人がそれを承知するはずもない。結局絢人の部屋に青葉のための着替えだの日用品だのが用意され、おおっぴらに同じベッドで寝起きすることになった。青葉はすべてを諦めて受け入れた。

何だかもうやけくそだったが、潮音たちの姿を見ていると、自分が絢人のそばにいられるのはいいことだ――としか思えなくなってしまった。

「でも、母さんがわざわざ俺のところに来て、謝ったから」

絢人が青葉に自分の腕枕で寝るよう強要し、青葉がやはりやけくそでそれに従う格好で並んで横たわっていた。間近で、青葉は驚いて絢人を見返した。

「奥様が……」

「母親としてきちんと振る舞えずに悪かったとか。可愛がりたい本心があったのに、父さんに対する意地もあって、それができずにいて……でも昔の俺にそっくりな潮音が来たら、素直に可愛いと思えた。今の潮音を大事に育てることで、昔の俺に罪滅《つみほろ》ぼしをしたい、というような」

「……」

青葉は複雑な気分で、注意深く絢人の様子を見守った。

武緒にしてみれば後悔を素直に口にしたのだろうが、それが絢人にとって嬉しいと思えるようなことなのか、よくわからなかったのだ。

心配そうに自分をみつめる青葉の視線に気づいて、絢人が口許をほころばせた。

「大丈夫。勝手なことを言ってるなとは思うけど、悔いてることは本当だろうし、それより何より」

そう言って、絢人が青葉の方に身を寄せる。キスされる間、青葉は大人しくしていた。実はさっきから腕枕されているのが恥ずかしくて逃げ出したかったのだが、どうにか堪える。ここで絢人を放って逃げ出したら、自分が世界で一番の極悪人になった気がしそうだ。

「――青葉がそばにいるから、何の問題もない」

嬉しそうに笑う絢人を見て、逃げ出さなくてよかったと、青葉はそっと胸を撫で下ろした。笑う絢人は綺麗な上に可愛げがあって、みとれそうになる。いや、別に心置きなくみとれてもいいところなのだろうが。

しかし誰がどう気を効かせたのか、あるいは絢人の趣味なのか、青葉を迎えるに当たって多少模様替えをした絢人の寝室のベッドは天蓋《てんがい》付《つ》きのキングサイズになり、そんな馬鹿みたいなベッドで絢人といちゃついている自分――というものが、やはり青葉には、冷静に受け入れがたい。

おまけに絢人からは、甘いムードが嫌というほど漂《ただよ》っている。

絢人は今日の仕事を終え、食事と風呂はすませて、この部屋には勿論《もちろん》二人きりで、少しだけお互い酒も入り、広い屋敷の中は静まりかえった状態だ。

さっきから、絢人の脚が青葉の脚にさり気なく絡んできている。

この部屋で寝起きするようになってから数日、ただ一緒に寝るだけなどという日があったためしもなく、夜の営《いとな》みは毎晩だというのに、青葉は未だにこの『これからやるぞ』という雰囲気に慣れずにそわそわしてしまう。

絢人が甘い言葉を吐いて、青葉も引《ひ》き摺《ず》られて雰囲気に酔ってしまえば、あとはもう我を忘れて（たとえ翌朝、その晩の自分たちの痴態《ちたい》を思い出して叫び出したくなる羽目になっても）、いっそ心地よいばかりなのだが。

絢人の手が伸びて、前開きの部屋着のシャツのボタンを外しにかかる気配を察して、青葉は目を閉じた。絢人の手によって、眼鏡が外され、サイドテーブルに置かれる音がする。

絢人には大変申し訳ないのだが、まだこういう行為に応えたり、ましてや自分から積極的に仕掛けるような域に達していない。ひたすらじっと目を閉じ、絢人の手が自分の衣服を剝《は》がしていく様子を頭に浮かべないようにしながら、行為が始まるのを待つ——つもりだったが。

(あれ?)

服を脱がされていた気がするのに、なぜかまた腕や体に布のまとわりつく感触がある。毛布とも違う、少し硬い布の感触。

何でまた着せられてるんだ、今日はしないのだろうか……? とそっと瞼を開いた青葉は、絶句した。

まじまじと自分の姿を見てから、胡乱《うろん》な目を絢人に向ける。

「……何やってるんですか?」

「うちの中で売れそうなものを見繕《みつくろ》ってる時に、みつけたんだ。青葉に似合うだろうと思って、取っておいたんだよ」

黒い袖《そで》の膨《ふく》らんだロングドレスに、白いエプロン。頭にも何か乗せられている気がする。

メイド服だ。

英国ヴィクトリア期のハウスメイドが使っていたものをそのまま輸入したクラシカルタイプのメイド服だと、聞きたくもない説明を絢人がしてくれる。

「昔、うちで実際使っていたものらしい。少し虫食いがあったから、香純さんに直してもらったんだ。ついでにサイズも」

「……」

青葉は無言で、頭に乗せられたおそらくヘッドドレスらしきものを毟《むし》り取《と》ろうとしたが、素早く絢人に止められた。

「似合ってる」

「何で⁉　何で着せるんですか、これから脱ぐのに何で着せるんですか⁉」

「風呂上がりの着替えとすり替えようと思ったんだけど、青葉は自分じゃ着てくれないだろうと思って」

「着ませんよ、あたりまえじゃないですか！」

「まあまあ」

何がまあまあなのか、笑って宥めるように言いながら、絢人がそのまま青葉にのしかかってくる。

「青葉が今の会社を辞めてうちに落ち着くまでに、もうちょっとかかるっていうから。それまでは家のことをあまりできないだろう？　だから、せめて形だけでも」

絢人は何かもっともらしいことを言おうとしているふうでもあるが、強引というより滅茶苦《めちゃく》茶《ちゃ》な言い分だ。

「俺はメイドじゃなくて、榎戸さんの代わりに執事的な役割で雇われるものだと思ってましたけど!?」

「結婚式も挙げたくないし新婚旅行にも行ってる場合じゃないっていうんだから、これくらい譲歩《じょうほ》してくれてもいいだろう？　それとも、俺のパートナーとして表舞台に立ってみるか？」

「い、嫌です」

——絢人は人の弱味につけ込んだりしない、フェアな男かと思っていたが。

何かこう、部分部分では箍《たが》が外れているんじゃないかと、青葉は今さら気づいた。

「じゃあここは青葉は譲歩するべきだと思う」

「い……嫌だ……」

半泣きで訴えるが、絢人が聞き入れてくれないことなど、青葉にももうわかっている。

そして自分が、言うほど大して嫌でもないということも。

「ご主人様って呼べとか、そういうプレイ、絶対お断りですからね……！」

「どっちかっていうと、いい加減『さん』を取って、絢人って呼んでほしいなあ」

楽しそうに、絢人が着せたばかりのドレスの裾《すそ》をたくし上げ、青葉の腿《もも》にするりと手を這わしてくる。

「次は靴下とガーターも準備しよう」

「だから、次とかないから……！」

悲鳴のような声を上げながら、しかし結局青葉もそれなりに楽しい一晩を、絢人と過ごした。

あとがき

AFTERWORD

―渡海奈穂―


　この本の原稿を執筆中に担当さんから電話がかかってきて、「何か音楽が鳴ってますか…？」と聞かれたので「お金持ちの気分を味わうためにクラシックを聴いてるんです」って言ったらすごく笑われたんですがそんなに笑うところだったでしょうか！

　絵に描いたようなお金持ちを書こう、と意気込んで書き始めたはずだったんですが、なぜ倒産した。


　ずっと怒ってる受というのをひさびさに書いた気がします。怒ったところで絢人《あやと》はまるで気にしないのに青葉《あおば》は頑張るなあ、と思ったんですが多分同じことを絢人も思っている。そして口に出してさらに怒られている。きっと絢人は青葉に怒られるのが好きなんだろうなあ。

　へたれではない攻もひさびさに書いた気がします。へ、へたれではないと思います書いた本人としては。そう思っても読んだ方からは「へたれだった」と言われるので自信がないんですが。大丈夫だったかな!?

　とにかく噛《か》み合わない人たちというのが好きなので、書いててとても楽しかったです。今後も青葉と絢人はずっと同じような感じで、でもずいぶんラブラブしながら暮らしていくだろうなと思います。

本当にすごく楽しく書いたんですが、体調を崩したりなどいろいろ手間取ってしまい、イラストの栖山《すやま》トリ子《こ》さんには大変なるご迷惑をおかけしてしまい申し訳ありません…！　素敵な青葉と絢人とそして馬の！　イラストを！　ありがとうございました。絢人は脳内イメージのお坊ちゃんそのまま青葉はよい眼鏡男子で馬は格好《かっこ》いいし最高でしたありがとうございます。キス絵がいっぱいだったけどそういえばいっぱいキスしていた。いっぱい見られて嬉しいです。品があるのにキュートな栖山さんの絵が大好きです！

読んでくださったみなさまにも、本当にどうもありがとうございます。よかったらご感想などひとことでも教えていただけますと嬉しいです。へたれじゃなかったかどうかだけでも教えてください何卒《なにとぞ》…。

それでは、また別のところでもお会いできますとさいわいです。

渡海奈穂
http://www.eleki.com/

この本を読んでのご意見、ご感想などをお寄せください。
渡海奈穂先生・栖山トリ子先生へのはげましのおたよりもお待ちしております。

〒113-0024　東京都文京区西片2-19-18　新書館
[編集部へのご意見・ご感想] ディアプラス編集部「ご主人様とは呼びたくない」係
[先生方へのおたより] ディアプラス編集部気付　○○先生

- 初出 -
ご主人様とは呼びたくない：書き下ろし

[ごしゅじんさまとはよびたくない]
ご主人様とは呼びたくない

著者：渡海奈穂《わたるみ・なほ》

初版発行：2015年4月25日

発行所：株式会社 新書館
[編集] 〒113-0024
東京都文京区西片2-19-18　電話（03）3811-2631
[営業] 〒174-0043
東京都板橋区坂下1-22-14　電話（03）5970-3840
[URL] http://www.shinshokan.co.jp/

印刷・製本：株式会社光邦

ISBN978-4-403-52376-2 ©Naho WATARUMI 2015 Printed in Japan